KB176054

제가 좀
예민해서요

제가 좀
예민해서요

초판인쇄 2020년 7월 14일
초판발행 2020년 7월 14일

지은이 이현동
펴낸이 채종준
펴낸곳 한국학술정보(주)
주 소 경기도 파주시 회동길 230(문발동)
전 화 031-908-3181(대표)
팩 스 031-908-3189
홈페이지 http://ebook.kstudy.com
E-mail 출판사업부 publish@kstudy.com
등 록 제일산-115호(2000. 6. 19)

ISBN 979-11-6603-003-1 03810

이 책은 한국학술정보(주)와 저작자의 지적 재산으로서 무단 전재와 복제를 금합니다.
책에 대한 더 나은 생각, 끊임없는 고민, 독자를 생각하는 마음으로 보다 좋은 책을 만들어갑니다.

제가 좀 예민해서요

이현동 지음

이담
Books

내 안의 감각을 열며

스타벅스에서 아이스 돌체라테 잔을 바라보며 앉아 있다. 돌이켜보면 참 행복했다. 그랬던 거 같다. 부족하지 않았다. 아니, 냉정해져볼까. 그래, 풍족했다 난.

'인생의 쓴맛'이라고 하든가. 나도 맛봤던 그 쓴맛. 내 몸을 창밖으로 던지고 싶었고, 저 깊은 땅속 끝까지 내려가 내 몸을 뉘고 싶었다. 그렇게 삶의 바닥까지 내려갔더랬지. 그랬다, 나 또한.

겉으로는 괜찮았다. 괜찮아 보였겠다 싶다. 난 자존심이 세고, 자존감은 넘치니까. 그랬으니까. 남과는 다른 나. 늘 그런 나를 꿈꾸며, 나를 채찍질했다. 돌이켜보면 참 미안하다. 내게. 나라는 인간에게, 존재에게. 이현동이라는 사람에게. 언젠가부터 혼잣말을 하곤 한다. 스스로 오른팔로 왼 어깨를 감싸 안으며.

"오늘도 참 고생했다, 현동아. 네가 나 때문에 참 고생한다, 늘. 고맙다. 미안하고."

토닥토닥해주면 조금은 마음이 나아진다. 어릴 땐 이러지도 않았으니. 그땐 현동이가 얼마나 외로웠을까, 힘들었을까 싶다. 이제라도 그를 돌아보고, 챙기게 돼 참 다행이라고 생각한다. 그렇게 살아간다.

감각이 좀 깨어있다. 어릴 때부터 그랬다. '예민'이라는 어휘를 가져다 붙이기엔 조금은 아쉬운 느낌이랄까. 아니, 아쉽다기보단 뭔가 부족하다고나 할까. '뭔가'라기보단 '꽤'라고 해야 할까. 적확한 단어가, 말이 떠오르지 않지만 확실히 '예민'으론 약하다. 그렇다고 내가 특별하다거나 잘났다는 말은 아니다. 매우 아주 엄청 어마어마하게 '독특'한 느낌. 그런 느낌적인 느낌이다. 내 삶은. 나라는 인간은. 나라는 존재는.

맞다. Narcissist 인정. 누구보다 자기애가 강하다. 하나 선민의식이나 우월의식에 빠져있지는 않다. 그러면 안 된다는 것을 느꼈던 순간도 적지 않기에. 그러면서 다행히(?) 내적으로 성숙해졌다. 어린 나이가 아닌데, 더 이상 미성숙한 자아를 자랑스러워해선 안 될 테고. 문득 궁금해진다. 그대는 어떠한가? 조금 예민한 편인가? 왠지 그럴 거 같다. 이 책을 집어든 이상. 난 그렇게 생각하고 싶다. 하겠다.

감각이 과민한 아이의 나날들. 인생은 간혹 '가장무도회' 같기도 하고. 거짓은 아니지만 'fake'도 종종 내포되는 것. 그게 인생이 아닐까 싶다. 만나서 얘기하고 싶다. 지금은 그러기 힘드니 우선 내 얘기를 하려 한다. 풀어내 보려 한다. 예민한 존재들끼리 통하는 뭔가를 나눠보고 싶다. 공유하고 싶다. 함께할 텐가, you? 나와 동행하겠는가?

좋다. 그대, 그럼 나를 바라봐주오.

2020년 봄이 오는 소리 들으며,
꿈꾸는 나의 공간에서
이현동

Contents

Prologue _ 내 안의 감각을 열며   4

1

기억나죠   (기억)

1-1 Do you know '감각 과민증'?   14

1-2 할아버지의 쑥색 카디건   17

1-3 도산공원에서 견인된 나의 바람   20

1-4 내 이름은 '이 내비'   26

1-5 자기 개발 말고 자기 계발, please   31

2

잘 들려요   (청각)

2-1 언니들의 수다   38

2-2 굿샷 그만, 제발   42

2-3 노트는 버려, 노트북이 있잖아   46

2-4 난 네 발자국 소리면 돼   51

2-5 이 소식은 이현동 기잡니다?   56

3

잘 보이고요 (시각)

3-1 겨우 머스탱? 조태오가? 64

3-2 벽이 무너지고, 땅이 솟아오르는 69

3-3 이런 바지는 어디에서 사니? 75

3-4 난 네가 밤에 타고 가는 차를 알고 있다 80

3-5 미안하지만, 기자님 휴대전화 기종까진
궁금하지 않아요 84

4

알 것 같아요 (예지)

4-1 역산의 신 90

4-2 지도의 신 93

4-3 의전은 말이야 98

4-4 Outsourcing life 103

4-5 Cheerleader 유망주 108

4-6 소개팅 계획자 113

5

느껴져요 (감정)

5-1 Backpack족 여러분, 거북이 그만 120

5-2 같이의 가치? Oh, NO! 124

5-3 그만 좀 다가와, 제발 130

5-4 남자는 남자, 여자는 여성? 136

5-5 동방예의지국 대신 RESPECT 141

5-6 그런 말은 왜 하는 거니? 147

5-7 물티슈 lover 151

6

추억이고요 (아련)

6-1 천국의 보름달이었던가, 보랏빛 낙산의 밤 160

6-2 압구정 허세남 169

6-3 나무 그만, 숲을 봐 제발 174

6-4 손편지, 마지막을 기억하니? 179

6-5 수리 부탁해
(나는 오늘 사임하려 한다. 네 '왼손의 주인'을) 184

6-6 예민한 놈, 재수 없나요? 186

6-7 아무도 안 믿는다 191

Epilogue_내 안의 감각을 닫으려다 실패하며 196

Chapter 1

기억나죠

Do you know '감각 과민증'?

스타벅스에 입장했다. 늘 그랬듯 주문하기 전에 자리부터 잡는다. 가장 구석진 곳. 동시에 비교적 주변에 사람이 적은 자리. 그런 자리를 차지하고자 한다. 거의 매번. 그러고 나서 벽면을 바라보며 앉는다. 내 앞엔 나의 상대가 앉고. 내 뒤엔 적지 않은 '불특정 다수'가 포진해있다.

오늘은 설탕 섭취량이 적다. 아이스 라테만 2잔 마셨으니 그렇다. 내게 당을 허락했다. 돌체라테의 달달함을 온몸으로 흡수하고 있다. 어허, 불현듯 나를 방해하기 시작하는 기운. 등 뒤에 적(?)이 침투한 스산한 느낌. 원치 않았던 순간이다. 청각이 과하게 요동치기 시작한다.

　둥근 테이블을 둘러싼 언니? 어머님? 아줌마? 그리고 형님? 뭐 그런 4인. 그들의 유쾌한 대화 혹은 수다가 발단, 전개를 뛰어넘어 위기 따위는 가뿐히 극복하고 절정에 다다랐다. 내겐 지금이 '위기'다. 대응 수준을 '경계'에서 '심각'으로 격상해야 한다. 오늘은 무사히 건너가나 했건만. 역시나 나의 감각은 살아있구나, 다소 과하게. 이런 시간의 연속. 바로 '감각 과민증' 인간의 삶이다.

　나의 일상이다. 언제나 예민하게 살아간다. 안 봐도 될 걸 보고, 듣지 않아도 될 것마저 듣고, 떠올리기 싫은 기억조차 저장한 채 살아간다. 매일매일 피곤한 삶이다. 어릴 때부터 내가 조금 특이하고 독특하다고 느꼈다. 그저 다른 이들과 아주 조금 다른 정도라 생각하긴 했다. 읽던 책에서 우연히 하나의 용어를 만나기 전까진 말이다.

　'감각 과민증.' 질병은 아니지만, 증상을 지칭하는 엄연한 학술 용어. 유난히 예민한 오감을 지닌 경우, 이 감각 과민증을 지녔다고 할 수 있다. 나아가 의학적으로 각성 혹은 경계 상태이거나 일상에서 '위험'을 염두에 두는 상태를 가리킨다.

어딘가에 입장했을 때 불현듯 다가오는 그 느낌. 그리 편하지 않은 듯한 그 느낌. 작은 소리, 약한 불빛, 옆 사람의 체취에 나의 감각이 쏠리는 듯한 그 느낌. 저기 저 모르는 사람이 내 얘기를 하는 거 같아 놀란 당신. 그렇다면 그대 역시 감각 과민증의 소유자일지도 모른다. 어제와 달라진 뭔가를 자연스럽게 캐치하고, 카페에서 시작되는 음악의 첫 소절만 듣고도 옛사랑을 떠올렸던 순간. 뜨끔했나요? 이것 또한 그대의 얘기라서? 그렇다면 굉장히 반갑군요, 그대여. Hello, 감각 과민증 '동지'여!

할아버지의 쑥색 카디건

할아버지가 계셨다. 계셨다. '계셨'기에 지금은 안 계신다. 소천하셨다. 운명처럼, 운명대로. 장손이라 그러셨던 걸까. 할아버지는 유독 나를 많이 사랑하셨고, 아껴주셨다. 내가 감각이 조금 과민하구나, 처음으로 느꼈던 그 날의 기억도 아련하다.

중학생이었을 거다, 그때 난. 할아버지의 생신 연에 온 가족이 모였다. 그 시기 할아버지, 할머니의 생신은 대가족이 모이는 입구였다. 요즈음에도 그렇겠지만, 그땐 '불참'이란 쉽게 용납되지 않는 어휘였다. 물론 자발적으로 모두 함께하려는 마음도 컸을 테고.

부모님의 선물에, 손자와 손녀들이 손편지를 곁들여 할아버지께 마음을 전하곤 했다. 매해 그랬기에 누가 어떠한 선물 혹은 금전(?)을 할아버지, 할머니께 드렸는지 일일이 기억하긴 어려웠다. 그즈음, 주차장에 서있던 차들을 보고 집에 돌아와 스케치북에 복사하듯 그려내는 게 취미였던 나. 내겐 그 독특한 색상의 옷이 꽤 강한 느낌을 준 것이리라.

할아버지의 생신 연 후 신정 혹은 구정 연휴. 가족들이 다 모였으니 그 둘 중 하나.

"어? 할아버지 그 옷 입으셨네요. 작은고모가 선물한 초록색 니트!"

"이야, 그걸 기억하니 현동이는? 눈썰미 좋네."

작은고모가 놀라며, 은은한 기쁨의 미소를 날리셨다. 가족들도 조금은 신기하다는 반응을 드러냈고. 적확히는 '쑥색 카디건'. 더 곁들이자면 '자전거 탄 인물 로고가 박힌 갈색 둥근 단추가 채워진 쑥색 카디건'이었다.

그저 일상적인 일상일 수 있던 그날의 그 순간. 쉽사리 잊히지 않는 그런 기억이다. 비교적 흔히 쓰던 '눈썰미'라는 단어로는 설명하기 부족한 그 뭔가를 스스로 느끼게 된 날이었기에. 그렇게 나의 '감각 과민 여정'은 시작됐다. 10대 중반의 어느 날에, 아주 아주 우연히. 문득 그리운 한 사람. 잘 계시리라 믿으며.

"할아버지, 공기가 차네요. 쑥색 옷 꺼내 입으셔야겠어요."

도산공원에서 견인된 나의 바람

2019.7.5. 20:51
강남구 견인된 차량 보관소 입고 /
신분증, 차량등록증, 견인료, 보관료, 대치동 78-29

지난여름, 하하 호호 미소 지으며 앞에 앉은 묘령의(감사하게도 20대 여성이었다) 여인과 정찬을 즐기던 중 날아온 메시지. 순간 내 건치 미소는 재빨리 퇴장하며, 눈 감은 채 명상에 빠진 굉장히 열 받은 '자칭 주차 달인'의 한숨 소리가 우리 테이블을 장악했다. 그 문자메시지를 소개팅녀에게 보여주며,

"저, 정말 죄송한데요. 차가 견인돼서요. 지금 찾으러 가봐야

할 것 같아요."

"네? 어떡해요. 그럼 같이 가요!"

"네??"

그렇게 우린 급하게 택시를 잡아타고 견인 차량 보관소에 도착했다. 이미 견인된 걸 어떻게 할 수 없기에 그저 최대한 신속히 나의 바람(내 차 애칭)을 그곳에서 구출해야 했다. 직원에게 신용카드를 건네고 견인료를 결제하는데 뒤에서 날아드는 강력한 한마디.

"아. ××. 내 차 어디에 있어. 씨× 그새 그걸 견인하냐? 아오. 열 받아!"

나와 그녀는 안면 근육에 온 힘을 집중해 스멀스멀 새어나오는 미소를 꾹꾹 잠재웠다. 동시에 그 아저씨의 마음을 절대적으로 이해하며, 또 동시에 나는 저러지 않아 참 착했구나, 다행(?)이다 하며 스스로 대견해했다(불법 주차해서 차 견인당한 녀석이 뭘 그리 잘했다고).

상처 없이, 하나 불쌍하게 끌려와 겁먹고 있던 바람에게 심심한 사과를 하며, 절대 재방문하고 싶지 않은 그곳에서 달려나왔다. 아, 그날 예정에도 없던 여정에 함께해준 날 처음 본

그녀에게 감사의 마음 전한다. 처음이자 마지막 만남이 됐지만. 어디에서든 '적법 주차'만 하는 남성과 행복하리라 믿는다.

어릴 때부터 운전했다. 자동차 이름을 읽기 위해 한글을 뗀마냥 차를 좋아했고. 초등학생 때는 범퍼카 운전을 꽤 잘했다. 한 손으로 스티어링 휠을 획획 돌렸고, 후진인 듯 후진 아닌 제자리 회전 신공으로 뭉쳐있는 범퍼카 무리에서 홀로 유유히 빠져나왔던 아이. 뭐, 그런 꼬마였다. 그런 내게 가장 간절한 꿈은 대통령도 의사도 변호사도 아닌 'owner driver'였다.

스무 살이 되어 대학교에 입학했고, 난 부모님 곁을 떠나 학교 앞에서 자취하게 됐다. 통학 시간은 길게 잡아야 10분. 튼튼한 두 다리로 잘 걸어 다녔다(뛴 적이 훨씬 많았지만). 3학년을 마치고서야 군에 입대했는데 굉장히 운 좋게도 용산 미8군에서 2년을 보냈다. 카투사 선임, 동기들이 차를 몰고 와 부대 근처에 세워놓는 걸 목격했다. 그야말로 'sensational'했다.

전역 후 안암동으로 컴백했다. 어머니는 복학생 아들의 미래 계획에 대해 매우 궁금해하셨다.

"교환학생은 안 가니? 친구들 다 지원한다며? 졸업하고 유학은 갈 거지?"

"엄마, 나 외국은 안 가도 돼요. 대신 그 돈으로 차 한 대 사주세요!"

"응? 차?"

그랬다. 2년 동안 감사하게도 국방의 의무와 미국 어학연수의 기회를 동시에 얻은 느낌이라 영어 공부는 더 하지 않아도 된다는 자만심과 자신감의 경계에 취해있던 그때 나였다. 역시나 또 감사하게 어머니가 먼저 제의해주신 외국행의 기회. 철없는 아들은 그 비용을 생애 첫 차 구매 비용으로 '전용' 가능한지 문의 드린 것. 이건 뭐 거의 모자간 대화가 아닌, MOU 맺기 직전 양 사 대표 간 '협상'이랄까. 그렇게 어머니께 당당하고도 당돌하게 'deal'을 제시했다.

그 소식은 금세 집에 속보로 보도됐고, 아버지는 당연히 당연하게도 불가 방침을 통보하셨다. 학교 코앞에 사는 대학생이 차를 산다는 게 말도 안 된다고. 맞는 말이었다. 그럼에도 범퍼카 운전으로 미취학 아동 때부터 꿈을 품어온, 장래 희망이 '자차 소유자'였던 나에게 그 건수는 다시 오지 않을 기회였다.

어머니는 이 시대의 신여성이셨다. 현재도 여전히 그러하시고. 그렇게 내 생애 첫 차는 어머니의 결단으로, 어머니의 명의로, 어머니의 결제와 결재로, 어머니의 비용으로 가결됐다. 쥐색 소형차. 오너드라이버 데뷔 일주일 되던 날, 집 앞 전봇대에 뒷문을 살포시 접촉시켜 무려 50만 원을 털어 문짝을 갈았지만 그래도 행복했다. 부모님께서 걱정하실까 봐, 혼날까 봐 몰래 용돈으로 수리하느라 다음 달엔 학교 식당에서 '2찬' 밥상으로 연명했지만 그래도 행복했다. 정말 미소 넘쳐흐르는 복학생 라이프였다.

앞뒷문 색깔이 미묘하게 다른 차를 몰며 신난 청년은 서울 시내에서 주차가 가능한 음식점을 하나둘 뚫기 시작했다. 주차비가 어마어마했기에 줄여야 했다, 당연히.(현재는 말해 뭐해. 발렛파킹이 3천 원인 서울의 시대상). 주요 백화점의 무료 주차 쿠폰을 이용해 도심 곳곳에 주차했다. 저녁엔 공영 주차장 운영 시간이 끝나기를 30분씩 기다렸다 주차하곤 했다. 주말엔 그런 공영 주차장이 종일 무료 개방되기에 내 목적지에서 최대한 가까운 곳을 미리 찾고 찾았다. 종종 주차한 후 10분 이상 걸어야 했지만, 주차 요금 대신 탄탄한 허벅지를 얻기로 했다. 이렇게 10년 가까이 지치지 않고 돌아다니다 보니 웬만한 주요 지역 주차장은 머릿속에 저장돼 있다. 일종의 빅데이터랄까. 집요함과 절약 정신(?)의

제가 좀 예민해서요

긍정적 결합에 과민한 공간 감각과 기억력이 더 해져 시너지 효과가 난 걸로.

하나 역시 사람은 실수의 동물. 원숭이라면 나무에서 떨어질 때도 있는 법 아니겠는가. 그렇게 2019년 여름의 소개팅 날, 나는 묘령의 여인과 탄천 변으로 향했던 것이고.

내 이름은 '이 내비'

별명이 꽤 많다. 흰코, 살림동, 언니, 상남자 이아나, 남자 3호, 운명동, Not yet HD. 알코올이 극소량 체내로 흡수되면 얼굴은 뻘게지는데 코만 하얗다. 그래서 '흰코'다. 스무 살때부터 10년 넘게 혼자 살아 수용성, 지용성 스펀지를 분리해 쓰는 살림 유망주여서 '살림동'. 여성들과 대화하는 게 힘들지 않고, 잘 들어주고, 여성의 의류 브랜드도 줄줄 꿰고 있어서 '언니'. 앞선 별명과는 역설적이게도 외양과 다르게, 내면은 '마초맨'의 기질로 가득 차 있어서 '상남자 이아나'. 그 옛날 SBS 프로그램 〈짝〉에 출연했던 흑역사 덕분에 얻은 '남자 3호'. 거기에서 스스로

'운명론자'라 설파한 게 전국 방송으로 고스란히 공개돼서 '운명동'. 대학생 때부터 모든 메신저의 별칭을 내 좌우명이자 '號(호)'인 Not yet과 이름 이니셜 HD를 합성한 'Not yet HD'로 설정했다. 15년 넘게 한 번도 바꾸지 않았다. 고집인지 끈기인지 지조인지 주관인지는 본인 대신 내 주변인의 판단에 맡기련다. 종종 그건 언제 바꾸는 거냐며 묻는 이들이 있긴 하다. 별명은 더 있지만 이 정도로 끊겠다. 아, 딱 하나만 더 꺼내볼까?

'이 내비'라는 별칭도 있다. '이현동'과 'Navigation'이 합성된 닉네임이다. 길눈이 밝다. 운전을 즐기고, 출장도 여기저기 다니다 보니 수많은 길을 헤쳐 다녀야 했다. 적당히 '역마살'도 있는 듯하고. 하루에 세 도시를 밟은 날도 있었지. 부산에서 비행기 타고 서울 갔다가 KTX 타고 대구 내려갔다가 자정 넘어 부산으로 컴백했던. 체력 센 편이고, 돌아다니는 거 좋아한다고 자부하기에 이 또한 운명이라 받아들이며 산다. 앞서 나열한 별명 중에 '운명동'도 있지 않았나. 뭐, 그렇다. 친구들은 내게 전화하면 자주 이렇게 통화를 연다.

"이현동, 너 지금 어디에 있니? 서울? 부산?"

아, 갑자기 떠올랐네. 이 모든 걸 관통하는 'Big nickname'

을 빼먹을 뻔했다. 섭섭할 뻔했네, '이길동'님이. 허허. 지나친 파생
⑺ 감각이 발현돼 다른 길로 빠지려 한다. 얼른 돌아가자. '이 내비'
모드로.

　그대는 내비게이션을 믿는가? 의존하는가? 혹은 신봉하는
가? 어디를 가든 내비게이션과 함께 힘차게 출발하는 이들도 있
고, 내비 따위는 못 믿겠다며 아예 켜지 않는 이들도 몇몇 목격
했다. 난 그 중간 지점 어디쯤인가에 있는데, 목적성이 좀 다르
다고 본다. 길은 거의 다 알고 있다. 목적지가 정해지면 가상의
주행을 해본다, 머릿속으로. 그리고 나서 'T map'을 켠다. 경로
를 확인한다. 길은 역시 내가 예상했던 그것과 다르지 않다. 내
가 보는 건 바로 '도착 예정 시각'이다. 지금은 낮, 내가 출발할
시각은 잠시 후 저녁. 미리 체크한다. 그 시점의 예상 시간을. 그
런 면에서 내 최애 내비게이션은 'T map'이다. 엄청난 빅데이터
덕인지 정말 놀랍도록 정확하다. 엄청난 신뢰를 그에게 품는다.
역산하는 것. 난 '역산의 신'이어야 하니까.

　실제로 출발할 땐 막상 내비를 잘 켜지 않는 편이다. 이미 몇
시간 전에 경로와 예상 시간을 획득했으니. 음악 감상에 방해되
기도 하고. 주요 목적지와 지나가는 길이 그리 달라질 경우도 없

기에. 강변북로와 올림픽대로의 컬래버레이션을 기본으로 주요 도심지 도로는 적정하게 '이 내비'의 데이터에도 축적되어 있다. 잘 조합하면 오늘의 길도, 내일의 길도, 그다음 날의 길도 '최적 경로'로 설정 가능하다.

수업료(?)를 많이 낸 덕일까. 과속 단속 카메라의 위치도 최신 정보로 자체 업데이트하게 된다. 10년 전에 딱지를 뗐던 성수대교 북단 카메라는 현재 없어졌고, 한남대교를 건너 이태원으로 가는 방향의 카메라는 없어졌다가 최근에 다시 생겼더라. 오랜만에 자연 친화적(?) 주행을 하려고 잠수교로 잠행하면 무려 시속 $40km$ 단속 카메라가 날 저속 주행케 했던 과거. 이제는 추억으로 저장. 서울시도 그 거북이 주행이 답답했는지 카메라를 떼어버렸다. 한 달에 한 장 이상 날아오던 과속, 주차 위반, 심지어 길을 잘못 들긴 했지만 버스 전용 차로 위반 과태료 고지서까지. 정말 서울시 세수 진작에 개인 자격으론 꽤 공(?)을 세웠다고 애써 자평하려 한다. 언젠가부터 일절 딱지가 날아오지 않는다. 발렛파킹 아저씨의 실수 몇 번을 빼곤.

친구들이 이런 말을 하더라.

"현동아, 넌 밤에 잠도 잘 안 자니까 그 시각에 택시 모는 건 어떠냐? 아님 대리운전이라도."

"야, 뭔 ×소리야. 할 말, 안 할 말 가려야지, 친구야."

친구들은 진심 반 농담 반, 내게 이렇게 제안 아닌 제안을 하곤 했다. 곱씹어보면 진심이 70% 이상이었던 거 같기도 하다. 서울 시내 골목도 요리조리 잘 헤쳐나가고, 빠져나가는 내 재능⑽을 고평가해준 것이라 감사해야겠지. 물론 내가 택시 운전 자격도 없거니와, 택시 기사님과 대리 기사님들만큼 실력이 안 된다는 걸 너무나 잘 알기에 고사하는 걸로. 다 본인의 길이 있는 걸 테니. '전업' 드라이버와 고작 '오너' 드라이버의 차이랄까. 난 친구들과 동행할 때, 최적·최단 경로를 거침없이 제시하는 걸로 만족하련다. 그걸로 충분하기에.

지도 읽기를 좋아했고, 요즈음에도 '네이버 map' 앱으로 여러 맛집을 내 리스트에 수집하고, 수집한다. 어릴 때 IQ 테스트를 하면 입체적인 사고, 공간 감각은 조금 뛰어났던 거 같고, 아님, 그저 길을 기억하는 기억력이 좋은 걸까? 뭐가 됐든 이 또한 감각의 '과민'이구나. 자, 이제 또 내 친구 'T map'을 찾을 시각이다. 오늘은 내 감각들이 더욱 팔딱팔딱 뛰게끔 해줘야겠다. 목적지에 '논현 장어'를 쓴다. 예상 소요 시간 33분. 오케이, 접수. 2시간 후 출발.

1-5

자기 개발 말고 자기 계발, please

　자기 계발서를 읽는가? 아니면 자기 개발서는 읽는가? 뭐가 됐든 그댄 책을 꽤 읽는 사람이 아닐까, 조심스레 추측해본다. 왜냐하면 이 재미없는 책을 아직 포기하지 않고 손에 들고 있지 않은가. 감사하고, 고맙고 또 고마울 따름이다(뒤로 갈수록 재미있다. 내 보장하리라). 난 두 가지 말 중 '자기 계발'만 맞는 말이라 여겼다. 한데 아니었다. 국립국어원은 이렇게 알려주더라.

　　'개발'은 '지식이나 재능 따위를 발달하게 함.'의 뜻을, '계발'은 '슬기나 재능, 사상 따위를 일깨워 줌.'의 뜻을 나타내는 말입니다. "표준국어대사전"은 이러한 뜻을 나타내는 '개발'과 '계발'을 비슷한말로 보고 있습니다. 따라서 '개발'과 '계발'의 뜻을 고려하여, '자기 개발' 또는 '자기 계발'과 같이 표현할 수 있습니다. 참고로 알려 드리면, '개발'에는 '지식이나 재능 따위를 발달하게 함.'이라는 뜻 외에 '토지나 천연자원 따위를 유용하게 만듦(유전 개발/수자원 개발), 산업이나 경제 따위를 발전하게 함(산업 개발), 새로운 물건을 만들거나 새로운 생각을 내어놓음(신제품 개발/핵무기 개발).'과 같은 뜻이 있습니다.

[국립국어원 온라인 가나다]

결론적으로 둘 다 맞는 말이라는 거다. 그런데 어감상, '개발'보다 '계발'이 조금 나아 보이는 건 나만의 생각은 아니겠지? 다수가 그렇게 여겨서인지 교보문고에는 '자기 계발서' 코너만 있다. 자기 개발은 못 한다, 그곳에서. 눈에 익다 보니 나도 개발은 틀리고, 계발만 맞는 거로 생각했겠지. 지금에라도 두 표현 다 가능한, 일종의 '복수 표준어'라는 지식을 획득했으니 다행.

맞춤법에 민감한 편이다. 언론사에서 언론인 코스프레(?)도 꽤 했고, 업무적으론 정말 올바르고, 고운 말만 써야 했기에 꽤 신경 썼지. 언제나 정확한 말만 할 수 없으니, '틀린 말은 하지 말자.'가 나의 신조였다. 우리말이 영어보다 훨씬 어렵다.

TOEIC 시험보다 한국어능력 시험이 3만 배 정도 더 어려웠다. 정말 그랬다. 고유어는 얼마나 많은지. 초등학생 때 세상의 모든 속담은 통달했다 자부했는데, 10년 새 어디서 그렇게 많은 속담이 '신규 등록'된 건지. 정말 훈민정음은 한계가 없는 말이다. 새로운 걸 더 외우고, 익히는 건 한계가 있더라. 난 택했다. 틀린 걸 기억하자고. 그래서 틀린 말을 사용하지 않는 언어생활을 추구하게 됐다.

아나운서, 기자 선후배들은 다 나보다 똑똑했고 늘 내게 선생님 같은 존재들이었다. 그들에게 얻은 걸 누군가에게 전수해 줄 자격은 없었지만, 최소한의 '도리'랄까. 뭐 그런 알량한 소명의식 정도는 있었나 보다. 친구들을 만나면 나의 잔소리가 곧 태풍이자 폭풍이었다.

"야, '오랫만'이 아니고 '오랜만'이지 우린."

이라고 문자메시지를 지적하고. 메뉴를 고를 땐,

"○○아, 육계장을 어떻게 먹냐. 육개장을 먹어야지!"

라고 쉬지 않고 다그쳤다, 사랑하는 나의 친구들을. 다 그들을 격하게 '애정'하기에 그랬던 것. 관심과 사랑이 없다면 그러지도 않았지. (이해하지 친구들아?) 물론 영어 학원 수업 첫날에

'level test'하듯, 그들 눈높이에 맞는 정도로만 지적했다. 신세계 푸드 다니고, KT 다니는 내 친구에게 방송사 아나운서의 잣대를 들이대면 되겠는가.

정말 최소한의 맞춤법만 고쳐주려 했다. 이 정도는 정말 기본 중의 기본인데 싶은 거만. 엄연히 고등교육 받은 나름의 '지식인'들인데 이걸 틀리면 좀 그렇지 싶은 것들만. 너와 나는 '다른' 거지, 누가 '틀린' 게 아니라고. 밥은 '먹으러' 가는 거지, '먹으로' 가는 게 아니라고. 비행기에 탑승하면 네 '자석'이 아니고, '좌석'에 앉아야지 하고(다소 충격적이지만 진짜 이걸 틀리는 이들도 존재했다). 여기까진 정말 초급반 수준.

조금 더 욕심내봤다. 이 집 '쭈꾸미' 전문점 아니고, '주꾸미' 잘하는 집이라고 소개했다. '랍스터' 대신 '로브스터' 먹으러 가자고도 했다. 그런데 내가 그렇게 잔소리했더니, 이제 '랍스터'도 된단다. 국립국어원에서 복수 표준어로 인정했다. 더 이상 로브스터, 로브스터 할 필요 없다. 아나운서 준비생 시절 장난스럽게 가장 자주 외치던 단어가 이 '로브스터'였다. 그리고 우리의 약속 '시각'은 저녁 7시이고, 우리는 3'시간'을 함께 보낼 거라고도 안내했다. 여기까지만 하련다. 더 늘어놓다간 그대가 당장 이 책을 집어 던질 거 같아서.

  지금의 이 글은 에세이라고 볼 수 있겠지. 이 책은 나의 두 번째 아이. 1년 전에 탄생한 내 첫 책은 제목이 다소 우스꽝스럽지만 소개해도 될까? 조금 급작스러운가? 그래도 뭐, 알려주고 싶다. 《당신에게 최고의 순간은 아직 오지 않았다》. 그렇다. 이게 책 제목이다. 아주 거창하게도 말이다. 난 'Not yet HD'이거든요. 아, 그리고 저 책은 말이죠. 자기 개발, 아니 자전적 '자기 계발서' 입니다.

Chapter 2

잘 들려요

언니들의 수다

스타벅스에서 아이스 돌체라테 잔을 바라보며 앉아 있다. 실제로 지금 스타벅스 합정 메세나폴리스점 창가 자리에 앉아 지나가는 이들의 발걸음에 시선을 뺏기지 않으려 안간힘을 쓰며, 의식에 흐름을 따른 손가락 움직임에 집중하려 하고 있다. 귀엔 언제나 에어팟이 꽂혀 있고, 그것의 볼륨은 청각기관에 무리가 가지 않는 선에서 최고치를 유지한다. 서재나 침실 같은 편안한 공간에서 글을 쓰면 마음이 편하다. 하나 역설적으로 마음이 편할수록 생각을 활자화하는 시간은 더디다. 자연스레 적당한 백색 소음이 있는 공간을 선호하게 됐다. 한때 '스벅의 노예'라 불리던 때가 있었고, 요즘은 자발적으로 그 별칭의 유효기간을 연장 중이다.

백색 소음의 반대말은 '흑색 소음'일까? 문득 든 흥미롭고도, 의미 없는(?) 자문. 그렇다면 지금 내가 느끼는 건, 기대했던 백색 소음이 아니기에 흑색 소음이라 칭해도 될 듯. 내 등 뒤 4m 정도 떨어진 곳에 7명의 혼성 그룹이 해피 타임을 보내고 있다. 나보다 10살 정도 어려 보이는 부러운(?) 친구들이다. 그 옆엔 누나는 아니고, 할머니도 아니며, 어머님은 더더욱 아닌 그런 두 사람이 티타임 중이다.

감각이 과민한 나. 여러 감각 중에서도 '청각'이 가장 예민한가 보다. 어디에서든 잘 듣고, 잘 들린다. 어디에서든 감상하고 싶은 창밖 뷰와 허용 소음 한계치의 적정 지점을 찾으려 한다. 대개 시각이 청각에 패배해, 구석 자리나 조용한 자리에 앉게 되지만. 지금도 창가에 길게 자리한 좌석 중 가장 안쪽에 앉아서 조용히 이 글을 쓰고 있다. 종종 지나가는 이들과 원치 않은 아이 컨택을 하게 돼 흥미롭기도 한 그런 자리이다.

평소의 나라면 청각 과민의 첫 꼭지 주인공으로 바로 옆 여성 2인을 초대하면 충분하다. 하나 예상치 못한 변수 발생. 4m

후방 친구들의 호탕한 웃음소리와 서로를 향한 리액션 데시벨이 백색과 흑색의 경계를 오가는 소음을 양산하고 있다. '아, 글쓰기 시작한 지 겨우 30분. 나 오늘 잘할 수 있겠지?' 스스로에게 질문하며, 집중력을 올려본다. 예민한 나라서 피곤한 나날들. 오늘 또한.

이런 나를 이해하는가? 그대도 나와 같은가? 저 멀리 앉아 있는 누군가가 내 얘기 혹은 내 욕을 하는 거 같고. 듣고 싶어 귀를 기울이면 실제로 들리는(이미 들리고 있었지만). 듣기 싫은 주변 사람들의 대화가 귀에 꽂혀 내 앞 사람에게 집중하기 힘든. 귀를 닫고 덜 들으려 하지만 지나치게 발달한 내 청력이 그것을 순순히 허락하지 않는. 종종 피식, 자신에게 실소를 터뜨리게 되는. 그런 피곤하지만 때로는 흥미로운 날들. 아, 혹여 나는 아닌데 이런 사람이 내 주변에 있다, 나와 가까운 그이가 내게 집중하지 않는 거 같다. 이런 생각이 든다면 오해하지 마시길 바라요. 여러분의 친구, 파트너는 당신에게 최선을 다해 집중하고 있는 거랍니다. 다만 그의 감각, 구체적으로 청력이 지나치게 훌륭할 뿐. 너그러이 이해해주세요. 저도 잘 부탁드리고요.

아, 하나 더. '이거 어디서 읽은 듯한, 본 듯한 글인데?' 했다

제가 좀 예민해서요

면, 그대도 충분히 감각 과민 유망주(?)입니다. 환영합니다. 맞습니다. 앞서 만났던 1-1 꼭지의 글과 굉장히 비슷한 느낌이거든요. 그렇다고요. 환영해요. Welcome to '감각 과민 world'!

2-2

굿샷 그만, 제발

　싸악. 혹은 타악. 제대로 맞은 소리. 경쾌하고도 경쾌한 타격음이 시작되자마자 그들은 외친다.

　"굿샷!"

　골프 tee box에는 작가가 필요 없다. 늘 대사가 한결같기에. 그렇다, 언제나 똑같다. 그놈의 'good shot'. 오로지 굿샷. 난 그게 싫다. 그 소릴 또 듣는 게 싫다. 싫어서 귀를 막고 싶지만 그러기엔 힘들고. 실제로 손 올려 귀 막으려면 70번 넘게 그래야 하기에. 4명이 18홀을 돌면서 내내 '굿샷' 하니까. 팔 올리다 체력 다 빠져 공을 못 치겠지. 아니 그런데 제대로 잘 맞지도 않았고, 좋은 티샷이 아닌데도 '굿샷'이란다. 이런 게 싫다. 이럴 땐 심지어 화가 난다. 거짓말이잖아.

"뭐가 굿샷이야? 슬라이스 났구먼!"

이렇게 따지고 싶을 정도다. 하나 그러면 오른쪽으로 멀리멀리 날아간 내 라임 색 예쁜 골프공처럼 내 멘탈도 휘이 휘이 나가버릴까 봐 입을 꾹 다문다. 애써 대꾸하지 않고, '침묵'의 골프 동으로 변모한다.

중학교 영어 수업 시간에 참 많이 듣던 어휘. 대학생이 된 이후엔 TOEIC 공부를 하며 친구 맺은 말, 'paraphrase'. 같은 뜻도 다른 단어로 어떻게 바꿀 수 있는지 찾느라 머리를 쥐어짜던 시절. 유사한 의미를 지니는 수많은 단어를 머릿속에 입력하는 작업은 동음이의어의 여러 뜻을 암기하는 것만큼이나 어려웠다. 그렇게 열성적으로 공부했는데 왜 요즘 우리는 매번 'good'일까. nice도 있고, super도 있고, excellent도 있고, 심지어 OMG(Oh My God)도 있는데 말이다.

아나운서라서 그런 걸까. 난 같은 말을 반복하는 게 정말 정말 싫었고, 싫다. 60분짜리 프로그램을 진행할 때면 내가 아는 단어란 단어는 모조리 풀어헤치려 했다. 오프닝 인사는 "여러분, 반갑습니다." 대신 "공기가 너무나 차가운 하루였죠, 여러분?"을, 클로징 인사는 "즐거운 저녁 보내세요."보단 "따듯한 저녁 보내시길 바랍니다."를 선호했다. 평범하거나 보편적인 걸 좋아하지 않기에 늘 다르기 위해 노력했다. 차별화하려 했다. 남과 달라야 했다. 그런 내게 18번의 '굿샷' 향연은 너무나 참기 힘든 고행일 수밖에. 어제도 맑은 공기와 굿샷의 하모니를 만끽(?)하고 왔지만.

우리 이제 다르게 외쳐봅시다.

1. 와우!
2. 오 좋아 좋아!
3. 잘 치네!
4. 방향 좋네!
5. 너 드라이버 뭐 쓰니?
6. 나이스!
7. 잘 맞네. 오늘!
8. 오!
9. 연습 많이 했네!
10. (그저 바라보며) 無言

이렇게 다양할 수 있다, 우리의 반응은. 10번째 예시처럼 진중하게 그저 바라만 보는 것도 좋을 듯. 일일이 반응하기보단 고개를 끄덕끄덕하며 무언의 감탄을 보내는 것으로도 충분한 '경외'를 전할 수 있지 않을까. 박수 착착 두 번과 함께. 난 자주 이렇게 한다. 진심 가득 담아. 기계적으로 내뱉는 똑같은 어조와 어투의 '굿샷'보다는 나을 것이다. 연습하자, 샷을 다듬는 만큼 리액션도. 주말마다 골프 친구들이 나를 찾게. 나아가 형도 언니도 선배도 아빠 친구도 엄마 친구도 그대를 찾게.

2-3

노트는 버려, 노트북이 있잖아

몰스킨(Moleskine)을 좋아했다. 패션의 나라, 이탈리아에서 날아오는 패셔너블한 노트. 3월 첫째 주와 9월 첫째 주에는 꼭 그걸 사야 했다. 쓰지도 않으면서. 그랬다. 글씨 한 자 안 쓰면서 비닐 포장만 뜯고 그대로 모셔뒀던 몰스킨. 10권이 넘는다. 나이에 정비례하는 과량의 먼지를 뒤집어쓴 채 책꽂이에서 오늘도 출격 대기 중인 몰스킨들. 미안하지만 그들의 비행 스케줄은 기약 없다. 아마도 그렇게 생명을 다할지도. 노트로 태어나 읽히지 않는 '책'으로 책꽂이에서 살아가는 나의 몰스킨들. 형이 미안하다.

몰스킨은 프랑스 파리에서 19세기에 사용되던 노트를 재현

제가 좀 예민해서요

했다고 한다. 어니스트 헤밍웨이나, 빈센트 반 고흐, 피카소도 몰스킨으로 추정 혹은 추측되는 스타일의 노트를 애용했단다. 나는 그들과 전혀 연관이 없고, 그들을 추종하지도 않지만, 그저 몰스킨이 예뻐 보였다. 지금 바로 내 시선을 당긴 아이는 Coca-cola edition이다. 언제 샀는지 정확히 기억은 나지 않지만, 가장 아끼는(?) 친구다. 너무 아껴서 단 한 글자도 쓰지 않았다는 게 아이러니이긴 하다. 이상하리만큼 코카콜라를 좋아해서 심지어 'Coca-cola' 글씨가 찍힌 티셔츠를 세 개나 소유 중인 나. 이건 감각 과민이라기보다는 그저 지나친 집착 혹은 편애라고 보는 게 맞을 듯. 조금 멋지게 표현하자면 특정 브랜드를 향한 'loyalty'가 강하다고 할 수 있겠지? 응, 그렇게 해두자.

두 번째로 좋아하는 아이는 스타벅스 다이어리이기도 한 2015년도 라임 색 몰스킨이다. 아, 그런데 지금 다이어리 얘기를 늘어놓으려던 게 아닌데. 미안합니다. 노트북 얘기로 돌아갈게요. 헤헤.

노트를 좋아했지만, 노트에 노트하지 않는 나. 노트는 놔두고, '노트북'을 꺼냈다. 노트북 컴퓨터에 기록하는 게 자료의 보관성, 확장성, 지속성, 활용성 등에서 종이 노트보다 우월하다고 본다. 내가 대학교에 다니던 2000년대 중반에는 노트북 대신 종이 노트였다. 그땐 뭐랄까. 근엄하신 교수님의 근엄함을 'touch' 하면 안 될 것 같은 그런 강의실 분위기 속에서 '탁탁탁'은 엄두도 못 냈지. 그랬지. 건축학을 공부했던 난 노트북 컴퓨터와 절친일 수밖에 없었는데, 그럼에도 교수님께 일대일로 'critique' 받는 시간엔 마우스 클릭 횟수를 최소화하려 했다. 그 'click click'하는 소리조차 교수님의 생각 전개, 견해 개진에 방해되지 않을까 했다. 돌이켜보면 이건 내가 좀 과하게 감각이 과했던 것 같다. 아니면 교수님께 바짝 쫄았거나. 과제를 제대로 안 해서.

2010년대 들어 종이 노트는 서서히 은퇴하고 있다. 요즈음 수요일마다 《강원국의 글쓰기》, 《대통령의 글쓰기》 등의 베스트셀러를 펴낸 '강원국' 선생님을 뵙고 있다. 열정적인 선생님의 강의만큼이나 함께하는 이들의 열정 또한 추위를 녹여버릴 정도다. 난 아이패드와 동행한다. 색 감각을 드러내는(?) 핑크빛 'Belkin' 키보드 덕분에 아이패드를 나만의 노트북으로 전용한다. 노트북 컴퓨터는 아무리 자기들이 가볍다고 TV 광고 속에서 자랑해도 내겐 무겁고, 무겁다. 함께 강남, 신촌 등지를 다니기엔 버거운 친구라 늘 서재 방에 고이 모셔두고 있다. 그는 앞으로도 외출할 일은 없을 테다.

　노트북 컴퓨터를 기꺼이 들고 와 그 기능을 모조리 활용하는 동료들도 옆, 뒷자리에 포진해있다. 슬며시 그분들과 최대한 멀찍이 떨어지려 노력한다. 물론 티 나는 행동으로 그들을 불쾌하게 하진 않으려 한다. 내가 '감각 과민증' 사람이란 걸 드러내려고 하지도 않는다. 그저 조심스럽고, 민첩하고, 소리 없이 사샤샥. 노트북 컴퓨터를 애용하는 동료들의 선택을 존중한다. 나도 아이패드 정도의 무게라면 노트북 컴퓨터와 절친일 테니. 하나 소리에 민감한 건 어쩔 수 없나 보다.

　"쓸 말이 있는가? 이게 굉장히 중요합니다."

　"타타타탁. 타타타타. 탁탁. 타타타타타탁. 타탁타타탁."

　"에, 또 내 책을 누가 살까? 누가 읽을까 또한 매우 중요하겠죠."

　"타타타타타타타탁. 타타타. 탁. 타타탁. 타타타탁타타. 탁탁."

　우리 세미나실 공간은 'pause'가 전무하다. 왜냐고? 강원국 선생님이 물 한 모금 하시고, 호흡하시고, 한 템포 쉬어가는 그 공간을 '탁탁탁'이 모조리 메워주는 덕분(?)이다. '때문'일 수도 있고.

나 또한 내 아이패드 타격 소리가 타인을 방해할까 봐 양 손가락 끝마디의 힘을 최대한 빼고 살살 그리고 매우 부드럽게 모음과 자음을 눌러내려 한다. 기록으로 남기려는 양도 최소화하려 한다. 그럼에도 마치 그곳은 前 청와대 연설비서관 강원국의 기자회견장 같은 느낌이다. 단독 혹은 1등 보도를 위해 강원국의 한마디 한마디를 놓치지 않고, 전투적으로 노트북 컴퓨터에 찍어내는. 그 소리가 나를 방해한다. 다른 이들에게도 그러리라 생각한다. 적어도 내 기준에서는.

'남에게 피해를 주지 않는 범위 내에서 내 마음대로 살자.' 내 생활신조 중 하나이다. 바꿔 말하면 '타인도 내게 피해를 주지 않았으면 한다.'일 것 같다. 그러면 우리 모두 서로 '평화'를 유지하며 온화하게 잘 지낼 수 있을 테니. 저도 조심할게요. 대학교 강의실에 있는 후배님들, 어디에 있든 필기에 열을 올리는 열정 넘치는 분들께 부탁드려요. 연단에 서있는 선생님의 말씀 소리를 뛰어넘는 데시벨의 '탁탁탁'은 지양해요, 우리! Plz.

제가 좀 예민해서요

2-4

난 네 발자국 소리면 돼

"워후!!"

"아이 깜짝이야. 이현동!"

"캬캬캬캬 아하하하하."

초등학생의 장난 같지만 30대 초반의 내 행위였다. 요즈음은 이러지 않기에 과거형으로 종결한다. 4~5년 전, 6시 라디오 생방송을 진행하던 나. 4시 즈음부터 라디오 본부 내 자리에서 그날의 대본을 숙지하며, 자료 조사를 하곤 했다. '열공'해서 생방송 준비를 마쳤다고 생각되면, 슬슬 그 끼가 전원을 'on'하곤 했다. 장난기.

스튜디오 3개를 지나는 통로를 쭉 통과해야 안쪽에 자리한 사무 공간에 도착할 수 있는 구조. 난 막내였기에 통로가 끝나자마자, 그러니까 가장 바깥 자리를 지키고 있었다. 월화수목금 주중 내내 생방송을 하니 매일 그곳에서 오후를 보냈다. 자연스레 나는, 오고가는 선후배들이 쿵쾅대며 스튜디오 옆 'runway'를 워킹하는 소리를 고스란히 감내해야 했다. 자꾸 듣다 보니 적응된 걸까. 언젠가부터 누가 오는지 예측하게 됐다. 백발백중이었다. 첫 발걸음 후 점점 다가오는 그 소리에 내 머릿속은 한 인물을 서서히 떠올리고, 10여 미터를 힘차게 완주한 후 내 앞에 등장하는 인물은 곧 정확히 그 인물이었다. 마치 내 머릿속에서 탈출해 살포시 뛰어 날아오른 듯한 느낌. 이 정확한 예측력과 장난기 조합의 파괴력은 컸다. 선배의 발자국 소리가 들리면 조용히 그저 하던 일을 하고, 동기나 후배가 온다는 신호를 감지하면 살며시 일어나 적확한 타이밍에 그를 놀래키는 것. 지친 일상 속 쏠쏠한 재미를 그렇게 생산했다. 그러다 간혹,

"야! 이현동! 나한텐 왜 그러는데?"

"아, 선배는 좀 놀래주고 싶어서요. 아하하하."

온전히 나만의 기준에서 만만한(?) 선배에겐 '깜놀 서비스'를

제공했다. (근엄한 다른 선배님들과 달리 제게 격 없이 편하게 대해주셔서 제가 좋아해서 그랬습니다. 이해해주시리라 믿으며.) 난 별 생각 없이 이어간 장난인데, 함께 웃는 사람도, 당하는 이들도 굉장히 신기해했다. 어떻게 10명 넘는 사람들을 오로지 발자국 소리로 다 구분해내는지. 그것도 거의 100% 완벽에 가깝게.

"그거 뭐 별거 아니에요."

라며 태연하게 말했지만, 그것 또한 나만의 요상한 능력 혹은 특징이었던 것이다. '감각 과민증'의 발로. 요즈음엔 졸음도 깨우고, 친목도 도모(?)하는 그 서비스를 제공하지 못해 아쉽긴 하다.

손바닥을 펼쳐 한 번 유심히 살펴보라. 무엇이 눈에 들어오는가? 그렇다. 우선 손금이 있고, 손가락 끝엔 지문이 있다. 그 지문은 내 것과 그대의 것과 내 친구의 것과 그대 친구의 것, 모두 다르다. 일란성 쌍둥이도 지문만큼은 다르다. 같을 수 없다. 그렇다고 한다. 신기하게도 말이다. 전 세계 수십억 인구가 어떻게 다 다른 지문을 가질 수 있을까. 어쨌든 그러하기에 지문은 한 사람을 분별하는 매우 중요한 요소이다. 신원 확인의 기본도 얼굴 다음으로 지문 아니겠는가. 경찰이 용의자를 특정하는 데에도 이 지문은 주요한 수단이 된다. 어디에든 뛰는 놈 위에 나는 놈 있는 법. 아이폰 만큼이나 스마트해진 범죄자들은 이 지문이란 걸 '삭제'해버리기도 한다. 고의로 화상을 입거나, 상처를 내거나. 평범한 우리라면 감히 상상도 못 할 그런 방법을 동원해서까지.

그럼 다시 그 나는 놈 위에 '더 높이 나는 놈'이 등장할 차례다. 요즈음 나와 그대가 '그것'을 알고 싶을 때 찾아보게 되는 TV 프로그램에 그들이 자주 명함을 내민다. Profiler. 우리말로 범죄심리분석 수사관이다. 그들은 기존의 일반적 수사 기법으로는 해결하기 힘든 미제 사건에 주로 투입된다. 단순히 이미 드러난 정보에 국한하지 않고, 용의자의 성격이나 행동 유형 등을 분석한다. 꽤 지능적인 수사법이다. 그것을 알려주는 그 프로그램에 등장하던 1세대 프로파일러이자 국회로 이직(?)했다 복직한 '표창원'이라는 인물이 있다. 표창원 아저씨를 이어 요즈음엔 권일용 프로파일러와 이수정 경기대 교수가 못된 녀석들의 성격과 심리, 행동 패턴을 분석하고 있다. 그중에 독특한 한 가지 요소가 있다. 바로 걸음걸이.

CCTV에 포착된 용의자의 걸음걸이를 대조해 그 사람을 특정할 수 있다고 한다. 무척이나 신기한 수사 기법이다. 실제로 물적 증거가 부족했던 미제 사건을 오랜 시간 경과 후 걸음걸이에서 힌트를 얻어 해결한 케이스가 있다. 신기하고도 신기한 일이다. 문득 이런 생각이 떠오른다. 'CCTV가 녹음도 된다면 발걸음 소리를 듣고 나도 프로파일링을 할 수 있지 않을까?' 하나 이내 바로 답을 하게 된다, 나 자신에게.

"용의자들의 발걸음은 미리 어디서, 언제, 어떻게 들으려고? 이현동 네가?"

이 소식은 이현동 기잡니다?

평일 저녁 7시 50분엔 TV 앞에 앉으려 한다. 아, 물론 정자세로 사뿐히 소파에 앉아 TV를 응시하지는 않겠지만, 적어도 8시 전엔 채널 6번을 확보해야 한다. 차에 있다면 라디오 주파수라도 맞추고. 난 뉴스 중독자다. 그것도 매우 심각한. 하루를 뉴스로 시작해 뉴스로 닫는다. 진짜다. 뭐 이런 걸로 날 포장할 이유는 없으니. 그리고 다른 좋은 거 놔두고 굳이 'NEWS'로 이미지 재고할 의미도 없고.

아나운서를 지망하던 꼬마 때부터 뉴스는 내게 산소 이상의 존재였다. 오후엔 23번과 24번이 서로 점유율 경쟁을 펼쳤고, 저

넉엔 순차적으로 지상파를 유영했다. 8시엔 SBS, 9시엔 MBC. 10여 년 전엔 MBC 〈뉴스데스크〉가 9시에 시작했다. 그땐 M사의 신뢰도가 꽤 높던 시절. 난 지금은 정치인이 된 신경민 앵커의 클로징 멘트를 애모했다. 파트너 박혜진 아나운서는 멘트를 하지 않아도 그저 고마웠다. 선망하던 아나운서 선배였다. 그렇게 호시절을 보냈던 MBC 보도국이 아련히 그리워진다. 〈뉴스데스크〉가 8시로 이사 온 후, 8시엔 SBS 〈8뉴스〉, 9시엔 KBS 〈뉴스 9〉를 수용하게 됐다.

한때는 나 또한 TV와 라디오 뉴스를 진행하던 때가 있었지. 긴장감 터지는 오프닝 멘트를 입에서 떼고, 첫 리포트 영상을 넘기면 쑤욱 하고 뭔가가 내려간다. 묵직한 그 덩어리가 하강하면서 긴장은 사라진다. 탄력을 받아 30여 분 오독 없이 완벽하게 '앵커동(앵커 + 이현동)' 역할을 해내고 클로징 멘트를 하면 몸이 가벼워진다. 실제로 1㎏ 정도 체중이 빠지곤 했다. 돌이켜보면 그런 일을 나라는 존재가 어떻게 했나 싶다. 뉴스 진행은 정말 아무나 할 수 없지만, 그렇다고 아무도 못 할 건 아닌 행위랄까. 뭐 그렇게 쉽지는 않지만 흥미로운 일이었다고 결언 짓자.

요즈음에는 온전히 시청자 입장에서 뉴스를 감상한다. 지망생 시절이나 현직 앵커 시절과는 또 다른 느낌의 시각으로 바라본다. 여유롭지만, 날카롭게 뉴스를 본다고나 할까. 또, 감각이 꿈틀대기 시작한다. 앵커의 입에 시선을 댄다. 귀는 자연스레 열려있고. 멘트 하나하나를 온전히 받아들인다.

"이 소식은 ○○○ 기잡니다."

으응? 이 소식이 ○○○ 기자라고? 이게 무슨 말인가? '코로나19' 바이러스가 이 리포트를 작성한 ○○○ 기자라고? 기자가 바이러스란 말인가. 문장 형식상 '등위'의 문제가 아니라 이건 '동의(同義)'의 의미인 건데. 앵커의 멘트를 그대로 받아들이자면 말이다. 틀린 말이다. 문장이라면 비문이다. 잘못된 말인 셈이지.

"이 소식은 ○○○ 기자가 전해드립니다."

"이 소식은 ○○○ 기자가 전합니다."

"이 소식은 ○○○ 기자가 알려드립니다."

이렇게 멘트를 해야 하지 않을까? 간혹 이런 말도 들린다. 앵커가 뉴스 내용을 간추려 소개한 후 바로 리포트를 넘기면서 이렇게 말한다.

"○○○ 기잡니다."

이건 또 뭔가? 주어 '실종신고'라도 해야 하나. 뭐가 이 기자

　　　　　　　　제가 좀 예민해서요

라는 건가. 아, 물론 무슨 의미인지 알아들을 수는 있다. 우리가 바보는 아니니까. 하나 이건 예능도, 교양도 아닌 뉴스다. 전달자는 학생도 시민도 아닌 언론인이고. 그렇다면 정확하고, 올바른 말을 써야 하는 게 당연하지 않은가. 그게 그들의 '임무' 아니겠는가.

"한 번은 실수이고, 두 번 이후는 실력이다."라는 말을 좋아한다. 전적으로 동의하고. 월화수목금을 지나 토일까지. 일주일에 대여섯 번은 생방송 그대로 뉴스를 시청하는데, 한두 번 저런 멘트를 듣는다면 내 이해하겠다. 하나 매일 톡톡 튀는 리드 멘트를 들어야 한다는 건 꽤 고역이다. 더구나 내가 좋아하는 앵커가 어제도 오늘도 실수와 실력의 경계를 위태롭게 오갈 때면 살며시 두 눈을 감게 된다.

말과 글. 떼려야 뗄 수 없는 둘. 글은 말해 뭐하랴. 비문 많고, 주술 호응에도 큰 기대를 걸진 않는다. 문장은 말보다 더 어려운 듯하다. 그러니 글에 대해선 얘기하지 않는 게 서로 마음 편할지도 모르겠다. 안 하련다. 아, '난 글을 잘 써. 그래서 네 글은 못 봐주겠어.' 이런 생각은 아니다. 그저 '작문 교육'이 매우 부족한 현재 우리나라의 교육과정이 달라져야 한다고 생각하는 정도.

어른이 되고 나니 그 필요성을 더욱 절감하기에 그렇다. 삶은 가히 '쓰기의 연속'인 거 같다. 선택의 연속 이전에.

오늘도 내일도 무수히 많은 'NEW'가 쏟아질 것이다. 그 'NEW'들이 모여 'NEWS'가 완성될 것이고. 난 궁금해하며 그것을 찾고, 이해하고, 취할 건 취하려 할 것이다. 그래, 본질이 중요한 거겠지. 어미, 어휘 뭐 이런 요소는 물 흘러가듯 흘려보내도 되지 않을까. 완벽주의자라 안 될 거 같지만, 된다고 해야지 뭐. 안 그럼 어쩌려고? 내가 다시 앵커석에 앉을 생각은 없으니. 아, 생각이 있어도 아무도 날 불러주진 않겠지? 그래, 그저 난 오늘도 7시 50분에 우리 집에서 마음 편히 채널 6번을 소유하련다.

Chapter 3

잘 보이고요

겨우 머스탱? 조태오가?

영화배우가 되고 싶었다. 하나 지나치게 잘생기지도, 지나치게 끼가 넘치지도 않았다. 못 생기진 않았고, 끼도 적진 않다. 딱 거기까지다. 배우는 배우만 할 수 있는 직종인 듯. 그리하여 인생을 영화배우처럼 살려고 한다. 현실과 이상의 간극을 줄이기 위해 다른 세상으로 향한다. 영화와 드라마를 탐닉한다.

자꾸만 다른 게 보인다. 작가와 배우가 보라고(?) 만들어놓은 것들은 당연히 다 보되, 의도치 않은 부분에 자꾸 시선을 뺏긴다. 그리 중요하지 않은 요소들이 내겐 굉장히 중요하게 다가온다. 조금은 피곤하기도 하지만, 동시에 흥미롭기도 하다. 드림즈

단장 백승수가 권경민 상무와 설전을 벌이는 야구장의 1층 지상 주차장, 박새로이와 조이서가 미친 듯 질주하는 언덕배기. 인천 문학야구장에 중계방송하러 갈 때면 내가 주차하던 곳, 요즘도 종종 거니는 녹사평역 근처 이태원 언덕.

내가 가봤던 곳, 좋아하는 것이 자꾸만 눈에 들어올 수밖에. '조태오'라는 인물을 기억하는가? 영화 〈베테랑〉은 알겠지? 오, 이 영화를 무려 1,300만 명이 봤군. 그럼 그대도 조태오를 기억하리라 내 멋대로 '성급한 일반화'하겠다. 그 영화는 보는 내내 내 스타일이고, 내 스타일이었다. 재벌 3세의 안하무인을 보며 대리만족(?)을 느꼈다. 압권은 명동 신(scene). 운전을 좋아하기에, 자동차 추격 신에 미친 듯 열광하는 나. 감히 명동 한복판에서 레이싱을 하다니. 정말 어마어마했다. 류승완 감독이 사랑스러울 정도. 다 좋았다. 딱 한 가지가 내 실소를 유도하긴 했지만.

머스탱. 굉장히 좋은 차다. American muscle car. 미국을 상징한다고 해야 할까. 뭐, 그 정도의 미제 스포츠카. 우리나라에선 벤츠, BMW 등 워낙 유럽 수입차들이 인기 폭발이라 그렇지, 자동차 마니아들은 머스탱의 진가를 안다고 한다(난 잘 모르겠지만). 재벌 3세로 등장하는 유아인이 출근할 때 검은색 SUV를 탔다. 포르쉐 카이엔이었다. 자연스러웠다. 조태오에게 어울렸다. 그랬던 그가 명동 부수기(?) 목표를 품고 데려온 친구는 머스탱이었다. 그 장면을 맞닥뜨리는 순간 '어? 소박하네?'라는 느낌이 날 스쳤다. 머스탱은 겨우(?) 6천만 원대 스포츠카였기에. 조태오가 타기엔 귀여웠다. 아니, 낮에 타던 카이엔은 어쩌고. 오히려 퇴근 후엔 더 화려한 차로 화려한 언니들을 만나러 갈 것만 같았는데 말이지.

그런 비평이 쏟아졌다. 나처럼 생각한 이들이 꽤 많았다. 류승완 감독은 제작비 절감을 위해 어쩔 수 없었다고 인터뷰했다. 심지어 협찬도 받지 않은, 직접 구입한 중고차라고 했다. 그러자 포드 관계자는 진작 알았다면 최신형으로 협찬했을 거라며 아쉬워했다고 한다. 조태오는 공간으로도 내 과민한 감각을 깨웠다.

그가 파티 하는 공간. 역시나 고급스러운 비밀의 장소. 그곳에서 송희섭 장관과 조갑영 의원이 속닥속닥하곤 했다. 드라마 〈보좌관〉에서 이정재 형보다 김갑수, 김홍파 아저씨에게 더 초점을 맞췄던 이유라고나 할까. 실컷 밀담을 나누고 내려와 운전기사에게 갑질하던 주차장. 남산 아래에 있는 'The state room' 주차장이다. 낮은 층고에 일렬로 검은색 세단이 쭉 도열해있는 주차장. 허락받은 이들만 입장할 수 있는 곳. 영화와 드라마에서 'luxury'가 필요한 순간, 자주 존재감을 뽐내는 곳이다. 딱 하루, 그곳에 머물렀던 내 차 '바람'의 의기양양했던 모습이 오버랩되곤 한다.

99억 원을 갈취하려던 정서연의 추격 장면도 떠오른다. 드라마 〈99억의 여자〉에서 '아카데미'가 어울리는 조여정이 타고 가던 검은색 스타렉스. 출발할 땐 분명히 신형 스타렉스였다. 특유의 각진 형태인 그 차를 좋아해 머리에 입력하고 있었는데, 화면을 정지하고 되돌려보게 됐다. 2분 후 불타는 스타렉스는 둥글둥글한 구형이었다. 그냥 지나칠 수 없지. 비교해보니 역시나 두 차는 달랐다. 그럼 그럼. 새 차를 불태우기엔 아깝지. 역시나 비용은 아껴야겠지. 이런 '자동차 바꾸기'는 거의 모든 영화와 드라마에서 목격할 수 있기에 당연하다 생각한다. 그걸 'catch'했을 때 재미를 느끼니 재미있을 뿐.

혼자 심야 영화를 보는 걸 즐기는 이유가 조용히, 온전히 영화를 감상하기 위해서라고 늘 밝힌다. 하나 다르게 생각해보면, 누군가 나와 동행했을 때 그이의 몰입을 내가 방해할 수도 있겠다 싶다. 자꾸 혼자 피식피식 웃곤 하니까. 내 눈에 걸리는(?) 홍미로운 장면들에 내 몸이 본능적으로 반응하니까. 그리고 나서 영화가 다 끝나면 바로 퇴장하지도 않는다. 스크롤을 끝까지 본다. 아니, 체크한다. 뭘 그렇게 보냐고? 뭐겠는가. 내 '실소'를 생산했던 장면 속 그 공간이 내가 떠올린 그곳이 맞는지 '가채점' 한다. 아, 바로 정답을 확인하니 그냥 '채점'이라고 해야 맞겠군.

피곤하지만 난 오늘도 0시에 영화를 보러 간다. 1인 예매했다. 나 혼자 피곤한 게 나으니까 오늘도 '단독 심야 영화' 후 '대조' 작업까지 완료하고 돌아오겠다. 아, 문은 내가 닫지 않아도 되더라. CGV 직원이 내가 나갈 때까지 째려보다 쾅 닫아버리니까.

3-2

벽이 무너지고, 땅이 솟아오르는

Do you know SPRING? 봄? 아, 맞다. 봄이다. 그럼 '뷰플'은 뭔지 아는가? 은근히 엷은 미소를 띠고 있는 거 같기도 한데. '유라이크'는 뭘까? 여기서 빵 터진다면, 그댄 '인싸'라고 해야 할까. 인스타그램이나 페이스북을 즐겨 하는 이라면 익히 알만한 앱들이다. 무료로 얼굴 축소술 해주고, 하체 성장판을 1초 만에 열어주는 스프링. 쌩얼이든 민낯이든 중요치 않은, 누구든 생방송 즉시 가능한 'full make-up' 얼굴로 변신시켜주는 뷰티 플러스. 사진 찍을 때부터 달라진 얼굴이 화면에 뜨게 하는 보정 카메라 앱, 유라이크. 아, 물론 '후보정'도 가능하다. 이렇게 '제작'

된 얼굴과 몸을 'Instasize'로 요리조리 자르고, 획획 돌려 황금비율 구도를 완성한 후 인스타그램에 포스팅! 꽤 안다고? 그럼 그럼. 나도 이렇게 선 작업, 후 게시의 과정을 꼼꼼히 거치는 one of them이다. 관종 중 관종이라 자인한다. 심지어 난 글까지 맞춤법 검사 다 하고, 이모지 끼워 끼워 고심 후 하나 올린다. 여간 힘든 작업이 아니다. 포스팅조차 '완벽주의자'의 면모를 드러내야 스스로 만족하기에.

그럼에도 철칙이 있다. 항상 그래야 한다. 過猶不及(과유불급). 내가 가장 좋아하는 한자 성어이기도 한데, 결코 '선'을 넘어선 안 된다. 절대로. 무슨 일이 있어도. 결단코. 내가 말하는 '선'이란 'reality'의 동의어로 봐도 무방하다. 예쁘고, 하얗고, 길고, 날씬해야 하지만, 실제 모습보다 아주 '살짝' 나은 정도여야 한다. 나를 잃어선 안 된다. Never.

"어? 이거 현동이 맞니?"

라는 말을 들으면 죽고 싶을 거다, 난. 치욕스러워서. 내가 보정한 게 티 나서, 들켜서 부끄러워서 말이다. 그런 상황은 원치 않는다.

온라인 세상엔 정말 어마어마하게 많은 초미남과 초미녀가 존재한다. 초미남들은 보지 않는다. 관심도 없다. 보면 화만 난다. 싫다. 엄청. 정말로 아예 보지 않는다. 대신 초미녀들은 자주 만나게 되더라. 아, 물론 나 혼자서. '눈앞에서'가 아닌 아이폰 속에서. 감탄사를 내뱉게 되는데, 종종 다른 유의 감탄이 터져 나온다.

"워후. 와. 아이고. 어허."

그녀의 얼굴 옆이 물결친다. 분명히 형광등인데, 구부러져 있다. 그것도 심하게. 다리는 굉장히 굉장하다, 그 수치가. 무릎에서 하이힐 끝까지의 길이가 내 하반신 전체보다 길 거 같다. 분명히 계단 위에 서있는데, 계단의 간격이 제각각이다. 내가 잘 안다. 나 이래 봬도(?) 건축학사다. 지금은 건축 전혀 안 하고, 글 쓰고, 말하지만 무려 5년이나 공부했다. 건축학사는 5년제다. 모교에 등록금 1,000만 원 더 내드렸다. 후배들을 위해 기여했다고 자위한다. 말이 길어졌는데, 어쨌든 계단은 안전을 위해서 절대 높이가 칸마다 다르지 않다. 인간 최적의 보폭을 고려해 건축법 규정에 맞게 설계한다. 대단한 예술적 가치를 부여하기 위해서라도 층계의 간격을 달리하는 건 보지 못한 듯하다. 그러니 무지하게 예쁜 언니가 본인의 하체 연장술을 감행하며, 건축법을 위반한 것이다.

어이쿠, 그런데 계단이 문제가 아니었다. 그가 서있는 대지가 용솟음친다. 땅이 융기하고 있다. 어허, 이 정도면 재난 상황인데. 지질학적으로 큰 문제가 생긴 게 분명하다. 지평선마저 흥분시킨 그녀의 미모라고 해석해야 할까. 파도는 분명 태평양이나 대서양에서만 칠 텐데. 청담동 언덕길이 꿀렁꿀렁하다. 미녀는 도로도 춤추게 하나 보다.

이제 조금 걱정이 되기도 한다. 자세히 보니 주인공의 얼굴이 소멸 직전이다. 턱이 없다. 아니, 있긴 한데 옆선이 칼이다. 손대면 베일 듯하다. 역시 난 초미녀와 연을 맺진 못할 거 같다. 내 손에 피 묻혀가며 마녀, 아니 미녀를 쟁취할 용기는 없다. 초예민하지만, 사람다운 얼굴과 다리 길이를 지닌 난 소중하니까 말이다.

뭐, 좀 나을 때도 있다. 실내가 아닌 실외라면 그렇더라. 초미녀님들도 종종 교외로 나가시니까. 등산도 하시고, 골프도 치시고. 산에 오른 그녀들은 건강미를 뿜뿜한다. 멋지다. 운동하며 스스로 가꾸니 '후보정'도 가능한 거다. 본질적으로 상위권의 외형을 갖췄으니, 적당한 조작도 가능한 거 아니겠는가. 그렇게 자신을 가꾸는 열의와 열정은 진심 가득 'respect'한다. 진심으로. 어, 그런데 이번에도 조금 이상하긴 하다. 청계산의 푸르른 숲이 많이 오염된 걸까. 나무들이 곧게 뻗어있지 못하다. 아래쪽 줄기가 휘청휘청하고 있다. 그녀의 몸이 더 슬림해지며, 나무들도 자극을 받은 걸까. 'S라인'을 뽐내는 나무들이네. 그렇다. 자연은 위대하다. 역시 나무는 '살아있는' 존재다.

　무조건적인 비판을 지양한다. 나 또한 얼굴 줄이고, 뾰루지 없애고, 코도 좀 높게 해보고, 다크서클도 없애봤고, 팔자 주름도 펴고, 눈알도 더 반짝반짝하게 해봤다. 너무 과하면 다시 돌린다. 'undo'한다. 인스타그램용 얼굴과 현실 얼굴 사이에서 적당히 타협한다. 적어도 날 사진으로만 봤던 소개팅녀가 손 흔드는 나를 두고, 활짝 웃으며 내 뒤 남자 앞자리에 앉는 순간을 맞고 싶진 않다. 그건 영화에서나 보는 장면이길. 1등을 지향하지만, 보정만큼은 인간적으로. 난 나니까, 나를 잃진 않아야겠지.

　사실 다 안다. 사진 보면 뭘 줄이고, 뭘 늘이고, 뭘 바꿨는지. 티 다 난다. 그러니 적당히 하는 게 좋지 않을까 싶다. 우리 모두 소중한 존재 아닌가. 지나치게 잘생기고, 미칠 듯 아름답다면 너무 비인간적이지 않나. 영화 시사회에서 영접한 '정우성' 형은

외모가 정말 인간 같지 않았다. 비현실적인 비율과 나이 따윈 숫자도 아니라는 듯한 얼굴. 그 작은 얼굴에 신기하게도 다 들어가 있는 눈, 코, 입. 감탄도 안 나와 입 벌리고 있는 나 같은 존재들에게 그는 그도 인간이라는 걸 입증해주더라. 아재 개그로.

우리도 사람답게 그저 지금보다 나은 정도의 나를 추구하자. 4차 산업 혁명에 맞춰 로봇 상대하겠다며 로봇처럼 변신하지 말고. 그럴 거지 그대여? 그러자꾸나, 우리. 어허, 다리 그만 늘이고. 이런 10등신아!

제가 좀 예민해서요

이런 바지는 어디에서 사니?

나의 옷장은 화려하다. 일반적이지 않다. 남과 여를 구분 짓는 것은 좋아하지 않는다. 그럼에도 '남자치고' 굉장히 밝다. 옷들의 색깔이. 인정. 원색의 향연이다. 휘황찬란하다는 표현이 어울릴 법도 하다. 검은색, 흰색, 회색은 몇 개 있다. 정말 몇 개. 대부분 빨강, 노랑, 파랑, 심지어 '라임 색' 의상까지. 내가 봐도, 다시 봐도 묘한 미소가 새어 나온다. 나의 옷장이란.

아나운서는 내게 천직이었다. 그렇게 좋아하는 '말'을 아무리 많이 해도 이상하지 않았다.(아. 물론 혼자 멘트를 독식하면 안 되지.) 매일 새로운 사람을 만날 수 있었고, 그 사람들은 나이와 직업,

IQ, 종교, 자동차 배기량까지 단 하나도 같은 이가 없었다. 매일이 새롭고, 난 언제나 '내일의 태양'을 환대했다. 그러한 주요 이유 외에 내가 나의 일을 사랑했던 부차적인 듯하지만 사실 내겐 가장 중요했을지도 모를 그것, 바로 복장이었다. 칼같이 다려진 투 버튼 슈트에 와이드 스프레드 칼라 듀폰 화이트 셔츠와 그 가운데 우아하게 본새를 드러내는 연보랏빛의 페라가모 타이. 그런 걸 《GQ》나 《Esquire》로 매달 자습했지만, 실제 내 삶에서 구현해내기란 결코 쉽지 않다. 아나운서는 그럴 필요조차 없었다. 너무나 좋았다. 신입 아나운서 6개월 차에 나보다 10살 많은 아나운서 팀장 선배가 건넸던 아침 인사.

"이야, 현동이 이제 적응 다 했네. 많이 편해졌나 보다. 그 옷 입고 출근한 거지 오늘?"

"네, 선배님. 편합니다. 선배님 덕분이에요!"

"아이고, 저 녀석 말이라도 못 하면. 정말. 허허."

난 그때 나이키 운동화에 남색 조던 트레이닝 팬츠를 입은 채, 나이키 윈드러너를 걸쳤으며, 이마 위엔 조던 스냅백이 비스듬히 올라가 있었다. 선배가 보기에 정말 '대단'하다고 여겼을 법했다. 이럴 때 쓰는 사자성어가 아마도 隔世之感(격세지감)이겠지? 뭐, 그렇게 그날은 라디오 생방송 하나만 하면 됐기에 머리조차 신경 안 쓰고 출근했던 나. 요즈음엔 기업들도 자율 복장 제도를 시행하지만, 7년 전엔 그런 상상조차 힘들었다. 막내로서 개념 탑재가 미비했다거나 예의가 없었다거나 하진 않았다고 믿는다. 방송도 잘했고, 생긴 거(?)와 다르게 꽤 싹싹한 캐릭터였다(선배들의 육성으로 입증된 사실이다). 출근 복장이 시원시원하게 자유로웠던 건 개성이 강했거나, 시대를 조금 앞서간 거라고 날 토닥토닥하련다.

그나마 아나운서 선배들은 본인들도 예쁜 옷을 뽐내며, 분장실을 'runway'로 만들곤 했기에 날 이해하셨다. 더 강력한 질의와 공격(?)을 보내는 부류도 있었다.

"우와, 현동아. 그런 바지는 어디에서 사는 거니? 나도 좀 알자."

"선배님, 알려드려도 안 살 거란 거 압니다. 비밀입니다."

"그래… 맞다. 못 산다 못 사. 아이고, 이 녀석아."

전술했듯이 난 애교 넘치는 막내이자, 선을 넘지는 않는 '깐족' 캐릭터였다. 이렇게 한 방에 세게 답해야 추가 질문이 나오지 않으므로 질의 응답시간을 조기에 종료할 수 있다. 즉석 품

평회 혹은 의상 관련 기자회견이 자주 열리는 일상을 살다 보니 스스로 터득한 대응 전략이라고 볼 수 있다. 그때 내가 입고 있던 바지는 마치 뱀피 혹은 뱀 가죽이 드리워진 듯한 진한 남색 스트레이트핏 팬츠였다. 혹자는 그 비싼 'GUCCI'에서 바지도 사 입냐며 감탄했지만, 그에게 이 바지 사실은 'H&M'에서 39,000원 주고 산 거라고 즉답하지는 않았다. 나의 감각이랄까 의상 셀렉(Selection) 능력에 스스로 박수를 보내며.

누가 보면 옷을 엄청 잘 입는 줄 알겠다. 아니다, 그렇지는 않다. 사람들이 내게 물으면, 난 그저 "내가 입고 싶은 옷을 내 맘대로 입는다."라고 답한다. 정말 그렇게 눈에 보이는 걸 내 마음 가는 대로 꺼내 조합하고 그대로 입는다. 그렇게 착장을 하고 집을 나섰는데, 엘리베이터에 비친 내 모습에서 뭔가 '느낌적인 느낌'이 부족할 때. 그럴 때 난 망설이지 않고 다시 대문을 연다. '역산의 신'답게 지하철 탑승 시각을 설정한 상태일지라도, 지각이 확정될지라도 옷을 벗는다. 아니면 아닌 거다. 이상하면 이상한 거고. 재빨리 휘리릭 상·하의를 재조합하고 스스로 미소 지어지면 다시 출격한다. 10분 더 기다린 내 파트너는 내 평범하지 않은 외양을 보며, 웃음과 함께 노여움을 녹인다. 아, 물론 지각하면 정중히 사과한다. 내 원색 의상이 우호적인 개식 선언을 위한 '윤활유' 정도의 역할을 해주는 셈이다.

사람들이 내 옷을 유심히 보며, 관심 갖고 어디에서 구입하는지 물어볼 때 은근한 '희열'을 느낀다. '잘함'과 '못함'을 떠나 어쨌든 나를 드러냈구나 싶다. 안목이라고 하긴 그렇고, 내게 가장 잘 어울리는 걸 내가 가장 잘 안다는 것에 만족한다. 이런 건 시각이라고 하기보다 '패션 감각'이라는 말이 더 어울릴까? 자꾸 자화자찬하는 거 같지만, 그건 아니고. 다시금 얘기하지만 내가 결코 옷을 '잘' 입는 사람은 아니다. 얼마 전 아카데미 시상식에서 어마어마한 역사를 남긴 봉준호 감독의 한마디가 내게 울림을 줬다. 감각이 지나쳐, 지나치게 개인적인 존재일 수도 있는 내게 위안이 되기도 한 그 말.

"가장 개인적인 것이 가장 창의적인 것이다."

그렇다. 난 그저 조금 독특하거나, 그저 조금 창의적일뿐.

난 네가 밤에 타고 가는
차를 알고 있다

시력이 좋진 않다. 그렇다고 나쁘지도 않다. 라식 수술을 하고, 10년 넘게 끼던 콘택트렌즈와 이별했다. 시력이 0.3 정도에서 1.2 정도로 상향 조정됐다. 아, 이 정도면 좋은 편이라고 볼 수 있겠지? 라식수술 다음날 야구장에 갔는데, 중계석에서 저 멀리 전광판의 시계가 선명히 보여 깜놀했던 그 순간을 잊기 힘들다. 이 단순 시력과는 다른 관점이지만 난 밤에 유독 잘 보이는 게 있다. 앞에서 달리는 차의 뒷모습. 그 뒷모습은 내게 많은(?) 걸 알려준다.

라식수술을 했던 그즈음으로 기억한다. 마산 야구장에서 프로야구 중계방송을 마치고, 부산으로 이동하던 내 차 안. 나와 해설위원님이 동승했다. 경기가 10시 넘어 끝났고, 평일 심야 시각 고속도로는 한산한 편이었다. 남해 고속도로를 달리는 둘. 4시간여 쉬지 않고 떠들었기에 두 사람 다 무척 피로하고도 피로한 상태. 그렇다고 말없이 달리기엔 전면 암흑이 너무 어두웠고, 졸렸고, 심심하기도 했다. 말 많은 내가 그 시간을 온전히 침묵할 수 없던 게 가장 큰 이유였겠지만.

"위원님, 저기 저 앞에 저 차 뭘까요?"

"현동아 뭐 그런 걸 묻냐? 저게 넌 보이니? 멀구먼."

"저 차는 말이죠. 옛날 차예요. 기아 카렌스. 아시죠?"

"카렌스야 알지. 근데 저 차가 그 차라고? 에이."

5초 후 100m 앞 카렌스를 우리 차 앞으로 당기고, 제치면서.

"보세요. 맞죠?"

"어이쿠, 맞네. 카렌스! 넌 저게 보이니? 신기하네. 허허."

"저 앞에 저건 아우디 A4예요."

그렇게 이어진 관찰과 대화와 검증의 시간. 난 10점 만점에 10점이었다. 40여 분 동안 만난 10대 넘는 차들 중 단 한 대도 틀리지 않았다. 해설위원님은 다소 이상(?)하다는 듯 나를 쳐다

보면서도 굉장히 굉장하다고 칭찬인지 뭔지 모를 감탄사를 내뱉으셨다.

뭐 사실 이게 그리 대단한 건 아니다. 능력이라 하기에도 뭐하고. 저 멀리 달려가는 차의 차종이 뭔지 맞히는 퀴즈 대회가 있다면 당장 참가하고 싶지만, 그게 존재하지도 않고. 아, 생각해보니 엄청 아쉽네. 그리고 이 요상한 능력을 과민한 시력이라 하기엔 조금 어려운 듯하다. 그렇다고 기억력도 아니고. 관찰력이긴 한데 그걸 기억해둔 거라고 봐야 하나. 뭐 어쨌든 남들이 가지지 않은, 아니 뭐 갖고 싶은 능력도 아니겠지만 난 보유 중이다. 어릴 때부터 차를 좋아해《Top gear》와《Motor trend》등의 자동차 매거진을 섭렵하기도 했다. 하나 그렇다 하더라도 암흑 속에서 질주하는 100m 전방의 차량을 후미등 몇 개 켜진 모습으로 차종과 연식까지 알아맞히는 건 일반적인 자동차 마니아의 모습은 아닌 듯?

해가 떠 있는 시간엔 앞차 맞히는 게 너무나 쉬우니 별 흥미가 없다. 사이드 미러나 휠, 옆모습의 디테일 등으로 차를 구분해내는 정도는 조금 재미있고. 이건 이런 식이다. 인스타그램에 누군가 올린 사진을 보고,

"어? 미니쿠퍼로 차 바꿨네?"

"이거만 보고 그걸 어떻게 알아요?"

"내가 차를 좀 많이 좋아하잖니. 그 정도야 뭐, 허허."

이러는 정도. 그러고 보니 어릴 땐 우리 집 차는 당연했고, 작은아빠네, 큰고모네, 작은외삼촌네, 큰이모네 등 가족 친지들의 차종과 '번호판 번호'까지 모조리 외웠던 기억이 떠오른다.

멀지 않은 곳에 친척들이 모여 살았기에 학원 가는 길에도 간혹 작은아빠의 차를 스쳐 지나가거나 그러던 때가 있었다. 주말에 할머니 댁에서 모이면,

"작은엄마, 목요일에 동아백화점 앞으로 지나가셨죠? 5035 봤어요!"

"맞아, 그날 백화점 갔지. 현동이는 관찰력이 대단하네."

그땐 그게 기억력인지 관찰력인지 뭐가 됐든 어른들이 신기해하실 수밖에. 그렇게 난 어릴 때부터 '기억관찰력'이라 명명해야 할 듯한 걸 지닌 '감각 과민 키즈'였다. 믿기 힘들다고? 그렇다면 나와 함께 심야 드라이브 가시죠. 올림픽대로를 달리는 차들 다 따라잡고, 다 알려드릴게요. 앗, 대신 좀 빨리 달릴 겁니다. 안전 운전할 테니 겁내지는 마시고요. 기회가 된다면 말이죠.

미안하지만,
기자님 휴대전화 기종까진 궁금하지 않아요

뉴스 중독자 이현동.(기억하시죠 독자님?) TV와 라디오 뉴스를 진행한 적도 있고, 꿈을 꿀 땐 잘하는 앵커가 되고 싶어 미친 듯 뉴스를 보고 또 봤지. 그러던 게 습관이자 일상이 되어 이제 뉴스는 친구 같은 존재랄까. 뭐 그런 거 같다.

8시엔 8시 뉴스를 보고, 9시엔 9시 뉴스를 만나는 일상. 똑똑한 건 아니지만 기억 감각이 역시나 과민한 건지 뉴스의 내용은 재전달이 가능할 정도로 익숙해지곤 한다. 그러면서 뉴스의 다른 요소에 과민한 시각 감각이 발동한다. 요즘 내 눈에 띄는 건 단 한 가지. 바로 스마트폰이다.

어릴 때 보던 뉴스에선 화면 속 기자 아저씨들이 흰 종이를 들고 있었다. 직접 쓴 사건, 사고, 새 소식을 전달하느라 열을 올리곤 했다. 멋있었다. 기자는 저런 사람이구나, 했다. 나는 그 정도의 열정과 능력은 없었기에, 기자 대신 아나운서를 꿈꿨고. 앵커석에 앉아 뉴스 리드 멘트 후("○○○ 기잡니다." 안 하려고 노력하며) 선후배 기자들의 생생한 현장 모습을 지켜봤다. 시청자 여러분이 보는 바로 그 모습을 동시에 함께 봤다. 내 몸의 위치만 달랐을 뿐. 조명 열기에 땀 송송 맺히는 곳이었을 뿐. 그곳이었기에 더 몰입할 수 있었다. 디테일을 보기에도 좋았다.

요즘은 거실의 TV나 아이패드를 통해 뉴스를 만난다. 흥미로운 뉴스는 많지만, 기분 좋은 뉴스가 적어서 그런 것일까. 내용보다는 다른 요소로 시선이 더 가는 느낌. 그러다 보니 최근 뉴스의 트렌드(?)를 읽고 있다. 스마트폰이다.

기자들의 왼손엔 스탠드 마이크, 오른손엔 그것이 들려 있다. 그들의 '시선'은 첫마디를 내뱉는 5초 정도는 정면, 그러니까 시청자와 아이 컨택을 한 후 이내 본인 소유의 휴대전화로 급하강한다. 읽기 시작한다. 카메라가 짧게는 2초, 길게는 3~4초 더 기자를 비추고 있는데 그들은 '읽기' 시작한다. 이해한다. 틀리면 안 되니까. 생방송 뉴스인데.

기자가 직접 취재하고, 직접 쓴 기사문이니 거기까진 오케이. 4차 산업 시대의 도래. 스마트한 스마트폰 사용 장려. 효율적 기사 수정과 신속한 대응 요망. 종이와 펜 구비의 불편함 해소. 업무 중에도 누군가와 실시간으로 소통(?)하기 위한 취재 도구와 연락 창구의 일원화. 떠오르는 대로 떠올려본 사유들을 나열했다. 전적으로 모든 내용에 동의한다. 그대는 어떤가요? 뭐, 틀린 말은 없죠? 그럼에도 뭔가 2% 아쉬운 건 나뿐인가?

정성 평가 vs 정량 평가. 이 두 가지의 적절한 배분과 합산을 통해 우리는 종종 평가받는다. 적절한 비유일지는 모르겠으나 이런 뉘앙스가 떠오른다. 선제적으로 우리가 동의한 사유들이 정량 평가라면, 정성 평가 차원에서 조금은 아쉬운. 현대인다워 보이고, 스마트해 보이는 스마트폰 대신 아날로그 감성에 조금은 올드해 보이지만 '취재 수첩'을 들고 긴박하게 뉴스를 토해내는 그 시절 기자의 모습. 그를 '정성'이 가득 담긴, 정성 평가 항목의 고득점자라고 평하고 싶다.

한겨울에 한강에서 취재하다 발이 물에 빠져 새 구두와 3일 만에 이별했던 기억. 장갑 없이 마이크를 들었을 때 느껴졌던 극한의 금속 한기. 현장에서 뛰어본 사람이라 다 이해하지만, 이렇게 글로 풀어내고 있다면 이해한 게 아닌 거겠죠? 역시나 제가 좀 예민하네요. 이놈의 과한 시각적 과민.

미안해요. 그리고 고맙습니다. 늘 고생하고, 열정 넘치는 기자님들, 오늘도 내일도 파이팅입니다!

(이렇게 이 꼭지를 마무리했는데, 정확히 4일 후)

아, 그런데 오늘 결국엔 일이 터졌네요. '그런 일은 절대로 없을 거라 나는 믿을게요.'를 마음속에 품고 있었는데 말이죠. 코로나바이러스 녀석 때문에 온 나라가 피곤하니, 현장에 있는 기자님은 오죽했을까요. SBS 〈8뉴스〉에서 연결한 대구 TBC의 한 기자가 앵커와 멘트를 한 번 주고받은 후 다음 리드 멘트를 놓쳤어요. 스마트폰이 '잠김' 된 거 같더라고요. 노련한 앵커가 그 모습을 화면으로 보며, 적절히 시간을 좀 끌어줬죠. 저는 속으로 '얼른 열려라 참깨!'를 외쳤고요. 조금의 버벅거림 후에 다행히 기자님 스마트폰 속의 메모장 글이 음성으로 시청자에게 전파됐답니다. 보도국장님께 많이 혼나진 않았길 바라며. 다시 한번! 늘 고생하고, 열정 넘치는 기자님들, 오늘도 내일도 '무사히' 파이팅 하시길 바랍니다.

Chapter 4

알 것 같아요

역산의 신

일주일에 6.5일 운전하는 나. 0.5일 4개를 합치면 2일이 되는데, 한 달에 이틀 정도는 차를 타지 않는다는 역산이라면 역산(?)의 결과이다. 사실 진정한 역산이 필요한 때는 운전을 쉬는 그 이틀이다.

부산 출장을 위해 비행기 티켓을 예매한다. 그날은 곧 바람(바람보다 빠르다고 착각하는 내 차의 애칭)이가 하루 재충전하는 날이다. 바람의 주인은 공항으로 향하는 전날부터 내일의 일정을 '제작'한다. 아이폰에서 지하철 노선도 앱을 켠다. 부산으로 날아가는 에어부산 BX8809편. 오전 10시 반 경 김포공항에서 이륙해

40분을 날아 김해공항에 착륙한다. 역산을 시작한다. 우리 집에서 김포공항까지는 꽤 가까운 편. 교통체증이라는 불확실성을 피하기 위해 공항에 갈 땐 언제나 지하철에 몸을 맡긴다. 역산을 계속한다. '효율성'이라는 가치를 최우선시하는 사람답게.

가능한 범위 내에서 최대한 늦게 출발해 최대한 지체 없이 바로 비행기에 탑승하기 위해 이동 시간을 산정한다. 10시 반 비행기라 10시 15분까지 탑승해야 한다는 모바일 탑승권이 내 아이폰에 착륙했다. 그렇다면 10시 즈음엔 공항에 도착해야지. 9시 26분에 출발하는 6호선 열차를 탄 후 29분에 디지털미디어시티역에 내린다. 열심히 걷고 걸어 39분발 공항철도로 환승한다. 그러고 나서 10분 후, 9시 49분에 김포공항역에 도착한다. 또 열심히 걷고 걸어 무빙워크에서 빠르게 무빙하면 10시경에 국내선 출발장 도착. 최상의 시나리오는 이러하다. 아하, 'Plan B'도 필요하겠지?

- 9시 31분 : 출발
- 9시 35분 : 디지털미디어시티역 도착
- 9시 45분 : 공항철도로 환승

– 9시 56분 : 김포공항역 도착

플랜 B는 이러하다. 이 시간표를 따라도 충분하지만, 가급적 플랜 A 대로 움직이려 한다. 최악의 상황을 피하기 위해. 하나 역산을 꼼꼼히 해도, 감각이 과민해도, 그럼에도 나 역시 사람인지라 대부분 플랜 B를 지키는(?) 나를 목격하게 된다.

오늘 역시 사람답게 일정 소화 중이다. 그렇다. 지금 난 BX 8809편 4D 좌석에 앉아 서서히 중력을 거스르려 한다. 심지어 이륙 중이라 테이블을 펼칠 수 없어 내 튼튼한 무릎 위에 아이패드를 올려놓고 열필하고 있다. 이렇게 유난스러운 것 또한 '효율성'을 추구해서인 걸까. 이동 시간에도 뭔가 생산적인, 나를 위한 뭔가를 하려는 이 유별난 모습. 문득 떠오르는 말이 있다.

"공부 못 하는 애들이 꼭 화장실에 영어 단어장 들고 들어가더라."

4-2

지도의 신

시공간의 제약이 없다고 느끼는 2020년 현재. 역산을 잘해서, 역산의 신(?)이 되어 시간을 최대한 확보하려 한다. 그렇다면 공간도 놓칠 수 없지. 잡아야겠지. 그렇다. 난 시공간의 제약 없는 삶을 꿈꾸는 매우 예민한 존재다. 지도의 신(?)은 어렵겠지만, 지도 읽기의 'Super Pro' 정도는 노려보고 있다.

방송도 하고, 글도 쓰고, 강연도 하고, 또 뭐 이것저것 무수히 일을 벌이고 벌이는 나. 나의 전공이 뭘까? 아, 알 수가 없다. 그렇다면 미안하오. 아니, 나 얘기하지 않았어요? 그런 거 같은데. 흐음, 뭐 어쨌든 내 전공은 '건축학'이다. 아이러니하게도 학사

졸업 후 건축 관련 일은 일절 하지 않았다. 아니, 하지 못한 게 맞을지도. 그런 내가 현시점에서 '이게 건축학사의 장점인가?' 싶은 게 있다. 바로 지도 분석력. 거창하게 말하자면 말이다. 태생적으로 지도를 잘 읽는 나일 수도 있으니 건축학 공부와 연관 없을 수도 있다. 어쩌면 내가 지도를 읽어내는 능력이 타인의 그것과 그리 다르지 않을 수도 있고. 그렇다면 조금 놀라며, 스스로 실망할 수도 있겠지만. 자 그럼, 내 일상을 들여다보고, 그대가 판단해주오.

내 오늘 일을 고백하리다. 오후 1시 반에 고터(고속터미널)에서 출간 컨설팅을 하고, 7시 반에 신촌에서 세미나 참석하는 일정. 요즘 난 서울 지하철의 '정시 도착력'에 매료되어 있다. 오늘도 바람(내 차 애칭)에게 휴가를 허락하고, 땅 밑으로 향했다. 예민한 주인 때문에 지하에 처박힌 채 2020년 들어 통 광합성을 하지 못하는 바람에게는 조금 미안하다. 마스크맨으로 변신해 출동했다. 중국 우한에서 날아오는 '코로나 바이러스'는 내가 극구 거부해야하기에. (위생에 가장 예민한데도, 마스크를 끼고 굳이 타인 많은 지하철을 타는 나. 심히 지하철의 매력에 푹 빠진 듯하다.)

고속터미널 내 파미에스테이션 스타벅스에서 2시간을 보내고 이동할 시각. 동행인이 내게 고백했다. 아, 그런 거 아님. 그저 본인 길눈이 그리 밝지 않다고 했다. 나의 시간은 넘쳐흘렀고, 그를 안전하게 보내주고자 기꺼이 함께 차로 향했다. 역시나 고터는 만만치 않은 대공간이었다. 기억을 더듬고 더듬어 왔던 길을 그려봤으나 나 역시 쉽지 않았다. 지도 앞에서 잠시 막혔다. 멈췄다. 벽면의 파미에스테이션 층별 평면도가 우리를 반겼다. 반대 방향이었다, 우리가 나아가야 할 길. 우측 상단에 표기된 방위표를 기준으로, 북쪽을 체크한 후 우리가 들어왔던 우측 주차장 출입구를 떠올렸다. 일단 방향은 반대라 확신하고 '유턴'했다.

"오, 어떻게 한 방에 알죠? 난 이거 봐도 뭐가 뭔지 하나도 모르겠는데?"

"일단 저 믿고 따라오세요. 저쪽 끝으로 나가면 차가 있을 겁니다."

동행인에게 짧은 'surprise'를 선물하고 다시 발걸음을 뗐다.

반대편 출구로 나가니 한 층 아래로 이동해야 했다. 이상하게도 엘리베이터가 아래층으로는 내려가지 않았다. 동행인은 또 당황했다. 아무렇지 않은 척 태연하게(사실 나도 굉장히 당황했지만) 한 층 아래로 하강할 방법을 강구했다. 눈앞에 보이는 램프. 정확히 말하자면 차만 오르락내리락하는 주차장의 그 꼬불꼬불한 길이 보였다. 나 혼자였다면 조심조심, 살금살금 그곳의 가장자리로 걸어 내려갔으리라. 하나 동행인에게 그런 'High risk, high return'을 억지로 건네고 싶진 않았다. 그러던 차에 좌측 멀리 숨어있던 철제 계단을 발견했다.

엘리베이터 대용인 그 계단으로 한 층 하향한 뒤, 쿨하게 그와 손 흔들며 이별했다. 그러고 나서 왔던 길을 더듬어 파미에스테이션을 돌파해 고속터미널역에 입성했다. 이후 30여 분의 여정 끝에 신촌역에 도착했다.

도착 전으로 잠깐만 돌아가자. '네이버 지도' 앱을 켰다. 내 절친이다. 아이폰의 수많은 애플리케이션 중 사용 빈도 Top 5 안에 드는 친구다. 카카오톡이 국민 앱이라면, 네이버 지도는 '현동 앱' 정도? 공간적 효율성을 극대화하려고 켰다. 내릴 시각을 예측하며 역산의 신을 꿈꾼다면, 이후 효율적인 동선을 그려보는 것이 중요하다. 물 흐르듯이! 신촌역에 내린 후 나의 목적지까지 '최적 경로'로 도보 이동하기 위한 동선 계획. 운전 중이라면 'T map' 앱에 전권을 위임하면 되지만, 오늘은 하정우형처럼 '걷는 사람'이라서 계획이 필요했다.

출구를 선정해야 한다. 그야말로 '선정'. 2호선 신촌역은 무려 8개의 출입구가 날 유혹한다. 그중 6번을 골랐다. 그곳으로 나가 서강대 방향 언덕길을 올라간 후 스타벅스에 랜딩하는 것. 이게 나의 계획이다. 큰 이변이나 변수 없이 안전하게 스벅에 착륙했다. 이후 혼자만의 집필 시간을 누리고, 이후 세미나에도 정시 참여했다.

시공간의 효율 극대화. 조금 늦거나, 조금 돌아가면 어떠냐 싶지만 그럼에도 할 수 있는 범위 내에서 최대한 'loss'를 줄이는 삶. 예민하거나 피곤하지만 스스로 만족하는 일상이다. 누군가 내게 이렇게 말할지도.

"현동이 넌 다 계획이 있구나."

의전은 말이야

눈치의 제왕. 눈치의 킹은 아니고 눈치의 왕자 정도. 이렇게 자평한다. 어떤 연유 때문인지는 모르겠으나 어릴 때부터 '눈치' 하나는 쾌속이었다. 어쩌다 이렇게(?) 됐는지, 정말 나 역시 여전히 의문을 갖게 된다. 그렇다고 타인의 눈치를 마구마구 보는 사람은 아니다. 요즘엔 되레 다른 사람의 시선을 너무 신경 쓰지 않아 스스로 편할 정도. '눈치'라는 어휘가 여러 의미를 보유한 것일까. 내가 다량 보유한 눈치란, 풀어쓰면 '분위기 파악' 정도로 대체할 법하다.

눈치가 빠르면 실보단 득이 크고, 컸다. "멍청하면 눈치라도 빨라야지."라는 말을 종종 접하곤 했는데, 일정 부분 동의한다. 멍청하지 않으면 좋겠지만, '지식' 대신 '눈치'는 적당히 갖추는 게 좋더라. 권장 혹은 권고하고도 싶고. 손아랫사람들과 함께할 때라면 서로 그럴 일 적겠지. 반대로 선배들, 어른들, 어르신들과 동석한다면 '눈치 게임'이 시작되곤 한다. 아니, 난 늘 그 게임을 혼자라도 시작했다.

진짜 어른이 되어 내 힘으로 소득을 획득하게 된 이후론 거의 모든 밥상에서 빠르게 내가 수저를 깔았다. 이건 뭐 요즘 직장인들이라면 옵션 아닌 기본 장착 사항일 듯. 학생 신분일 때도 어른⑺들을 만날 자리가 꽤 있었다. 어디에 불려가든, 어떤 자리에 초대받든 대체로 내가 막내이거나 그 언저리에 위치했다. 착석과 함께 자연스레 사뿐히 티슈 깔고, 수저 평행 배열까지 완료. 나의 미션이었고, 늘 'complete'하려 했다. 사실 누가 시킨 일도 아닌데 말이다. 그저 난 그렇게 하는 게 좋았고, 마음 편했다. 이제 안다. 수저 아래에 휴지 까는 게 위생적으로 좋지 않다는 것을. '꼰대' 아닌 깨어있는 선배들은 이런 행동, 이제 썩 달가워하지 않는다는 것도. 어쨌든 그땐 내 나름의 의전 활동을 그렇게 펼쳤다.

어른이 되어 아나운서가 되고 나니, '행사'라는 걸 진행할 기회가 많았다. 국가보훈처, 서울시 교육청, 고려대학교 교우회, 부산광역시 체육회 등. 행사 주체를 듣기만 해도 점심시간에 먹은 밥알이 한 알씩 모조리 역류할 것 같은. 부담스럽고, 부담스러운 이런 큰 행사의 기본. 이런 큰 행사의 '꽃'이 무엇인지 아는가? 웃지 말길. 바로 '의전'이다. 내가 꼬마 때부터 야금야금 체득해 온 바로 그것이다.

난 마이크를 들고 행사의 '진행'을 해야 했기에 의전을 도맡아 할 일은 당연히 없었다. 그래서도 안 되고. 엄연히 나의 일이 있고, 그게 굉장히 굉장히 중요하기에 내 것만 잘하면 됐다. 내 임무만 잘 수행하는 것조차 그리 쉽지 않으니. 큰 행사의 진행은 생각 이상으로 쉽지 않다. 어렵고, 어렵다. 한데 내 본연의 업무, 그걸 잘해내기 위해 '의전'이 필요했다. 그야말로 의전 요망. 대놓고 하는 의전이 아닌 간접(?) 의전이랄까. 그 누가 시키지 않았음에도 뭐 그런 걸 해야 했다. 자원봉사 아닌 마치 '자원 의전'이랄까.

큐시트(Cue sheet)라는 게 있다. 방송이나 행사의 설계도 같은. 시작부터 끝까지 시간대별로 모든 게 정리되어 있는 계획표이다. 우리나라의 행사라는 건 거의 뭐 VIP들의 '잔치'라 볼 수 있

제가 좀 예민해서요

다. 개식사부터 축사, 기념사, 덕담 그리고 폐회사까지. 수많은 '말씀'의 향연이 엄청난 점유율을 차지한다. 그리고 그 속엔 보이지 않는, 아니 어쩌면 '보이는' 자존심 싸움이 연속된다. VIP의 오른팔들이 바빠진다. 그놈의 '순서' 때문에.

시장, 교육감, 시의회 의장, 상공회의소장 등이 모두 출동하는 행사라면, 누가 먼저 마이크 앞에서 장황하게 연설인 듯 연설 아닌 연설 같은 연설을 하느냐를 두고 눈치 게임이 시작된다. 종종 싸움이 일어난다. VIP들이 서로? 그럴 리가. 그들은 근엄하다. 그들의 오른팔들의 다툼이 발발한다. 왜 우리 의원님이, 위원님이, 의장님이, 회장님이 저 사람 다음에, 나중에, 마지막에 연단에 행차하냐며 으르렁댄다. 행사의 기획자에게 직접 항의하면 그나마 다행이다. 문제는 그 전쟁이 내 '인근 지역'에서 일어난다는 것. 그 '오른팔' 씨들은 높은 곳에 서서 방긋방긋 웃는 마이크 앞 MC에게 '직보'하는 경향이 있다. 내게 항의하고, 내게 투덜대고, 내게 화내고, 내게 요청한다. 그럴 때면 난,

"저, 죄송한데요. 저는 MC라 그저 시키는 대로, 적힌 순서대로 '진행'만 합니다."

왜 죄송해야 하는지 모르겠지만, 일단 '죄송하다'로 시작한

다. 그래야 내가 편하다.

종종 이런 사태를 직감하고, 사전에 대처하기도 한다. 큐시트상 의전 순서가 내가 봐도 틀렸을 때, 내가 수정한다. 우리 모두 프로이기에 그런 실수가 자주 일어나진 않지만, 비슷해 보이는 '급'의 두 사람 순서를 바꿔야 할 경우가 종종 있다. 행사 총책임자에게 조심스레 물어보고, 순서를 재정비하고 진행한다. 행사 종료 후 그 어떤 '오른팔'도 내게 다가오지 않았고, 멀리서 물끄러미 약간 '경외'의 눈빛으로 나를 쳐다보며 박수쳐줄 때. 그때 희열을 느낀다. 스스로 의전 유망주를 칭찬한다. 나 오늘 잘했다고.

어렵지 않다. 그대 가족에 적용해보길 바란다. 엄마와 아빠 중 누가 가내 '실권자'인지 파악은 하고 있을 테고. 난 엄마를 먼저 언급했다. 우리 가족은 엄마가 'No.1'이란 의미가 자연스레 내포되어 있다. 엄마와 아빠가 식사 때마다 엄숙하게 '식사 기념사'를 늘어놓진 않을 테니, 이 의전을 신경 써야 할 때가 언제일까? 생신은 각자 주인공이시니 문제없고. 아, 결혼기념일? 어느 분이 개회사를 하고, 폐회사를 할지? 아, 모르겠다. 머리 아프니 그대 가족 행사는 그대가 알아서 잘해내길. 의전, 그까짓 것 뭐.

제가 좀 예민해서요

Outsourcing life

남에게 뭘 맡기지 않는다. 타인에 대한 기대치가 '0'이라서. 당연히 내가 '100점'이 아니지만, 그래도 내가 하는 게 낫다. 잘하면 내 덕, 못하면 내 탓 하면 되니까. 괜히 부탁했다 시간 낭비, 돈 낭비하면 안 된다. 그런 건 사전에 차단하고, 방지해야지. 이렇게 남을 못 믿어서 어떡하냐고? 응, 조금 피곤하고, 스스로 안쓰럽기도 하지만 난 그게 낫더라. 기계는 좀 다르다. 그래, 기계에는 맡긴다. 생각해보니 엄청 맡기는데? 그러네. 내가 기계는 신뢰하나 보다. 아, 조금 서글프지만 그런 삶을 살아가고 있네.

저 부등호의 방향이 뒤집어진다거나, 아래에 두 줄이 추가될 일은 없을 거 같다. 없다. 그럴 거였으면 진작 그랬겠지. 기기는 정직하다. 시키는 대로 일을 잘 수행하며, 시키는 것만 해낸다. 스스로 '더' 하거나 '덜'하지 않는다. 물론 요즈음엔 사람보다 똑똑한 AI 덕에 '더' 하는 친구들도 있더라. 좀 무섭긴 하다. 너무 많이 하고, 지나치게 잘할까 봐. 다행히 나의 무생물 친구들은 내가 '오더'한 대로만 일한다. 난 귀가하자마자 그들을 호출한다. 차례차례 숨 쉬지 않는 나의 친구들 1호기, 2호기가 출격한다.

미세먼지가 오늘도 나의 온몸과 마음을 휘감았다. 그놈은 자주 만나지만 참 정 안 드는 녀석이다. KF94 마스크를 온종일 꼈지만, 눈과 코와 머릿속까지 간지럽다. 눈알까지 씻어내기 전에 1호기의 전원을 켠다. 스타일러. 우리 집 1호기다. 입주한 지 얼마 안 된 막내인데, 서열 정리 한 방에 했다. 우리 집에서 매일 가장 '열일'하고, 가장 목소리(적당한 소음) 크고, 전기료 점유율도 나날이 끌어올리는 아이다. 선출직 아니고 임명직 같은 느낌이랄까. 현시점에서 선배 머신들 다 걷어차고, 독보적인 랭킹 1위다. 타이거 우즈만큼 장기 집권할 예정. '미세먼지' 코스는 53분 걸린다. 평이한 하루였다면 30여 분짜리 '정장·코트'를 선택했을 테다. 내 상반신과 하반신에 걸쳐졌던 의복을 고이 뜯어내 스타일러로 이주시킨다. 1차 아웃소싱 완료.

이런, 빨래 통이 꽉 찼다. 그럼 빨래를 해야지. 트롬을 켠다. 빨래 망들을 나열한다. 아주 조금 쾨쾨한 냄새가 나는 듯한 일주일 치 옷들도 정렬한다. 잠시 '주선자'로 변신한다. 빨랫감과 빨래 망을 1대1로 매칭한다. 그들의 의사 따위는 중요치 않다. 사이즈와 섬유의 질감과 색상에 의해 내 기준대로 엮어준다. 아, 'cost'도 고려해야 한다. 정가로는 도저히 살 수 없어 여주아웃렛에서 건진 아르마니 니트는 가장 튼튼한 빨래 망과 약혼한다. 짧은 '언약식' 후에 트롬도 제 목소리를 내기 시작한다. 이 친구에게도 50분 정도 허락한다. 그 사이 1호기는 전반전을 마쳤다.

두 친구에게 업무 지시 후 난 샤워한다. 미세먼지는 미세하게라도 남지 않게 전신을 씻어내렸다. 이제 한잔할 시각. 술 말고 커피를. 앗, 그런데 아침에 다 치우지 못한 그릇들이 날 쳐다본다. 설거지를 해야겠다. 늘 그러하듯 망설임 없이 테팔 전기

주전자에 물을 반쯤 채운다. 그가 끓게끔 명령한 후 스펀지에 케첩 짜듯 세제를 올린다. 접시 2개와 컵 1개를 설거지하는 데 5분이면 충분하다. 이미 물은 다 끓어 전원은 자동 off. 접시를 건조대에 올린 후 검은색 텀블러에 KANU 블랙을 털고, 물을 붓는다. 잠시의 지체도 허락하지 않는 나. 이렇게 초 단위까지 아껴, 쉬지 않고 커피까지 대기시키니 행복하구나.

뉴스로 여의도 싸움질을 감상하고, 내일 날씨를 뇌에 입력할 때쯤 울리는 멜로디. 매일 들어도 경쾌하다. 1호기 종료. 문을 열어 문을 열어 스팀의 온기(온기보단 열기에 가깝지만)를 얼굴로 받아들인다. 모공이라도 조금 열어보려는 듯. 뜨끈뜨끈해진 상의, 하의, 벨트, 가방을 사우나에서 구출한다. 방에서 옷 정리하는 나를 유혹하는 또 한 번의 청량한 멜로디. 2호기도 업무 종료. 촉촉하고, 향기로운 빨래 망을 꺼내 'decoupling'한다. 옷들을 촘촘히 건조대에 널면 오늘의 아웃소싱 끝.

하나하나 다 따로 했다면, 어쩌면 2시간 걸릴 수도 있었던 일들을 기계 친구들에게 순차적으로 부탁해 1시간 반 이내에 마쳤다. 30분을 벌었다. 시간은 금이라고 하지 않는가. 그런데 시간이 금이라고? '시간=금' 이 등위 혹은 동등 관계는 동의하기 힘

제가 좀 예민해서요

든데. 난 반반이다. 의역엔 동의하나, 직역엔 비동의. 아, 이런 거에도 예민하게 구는 난 어쩔 수 없는 '감각 과민증' 환자인가보다. 피곤하구면. 허허. 어찌 됐든 늘 고마워, 산소도 필요 없고 말도 안 하는 나의 친구들!

Cheerleader 유망주

긍정의 HIM. 긍정의 '힘'과 그 남자 'him'. 난 긍정의 파워를 아는 긍정의 남자였다. 어릴 때부터. 인스타그램은 지금도 이 책 옆에 놓아둔 그대 스마트폰 정중앙을 차지한 앱일 테고. 그램이가 잉태하기도 전 그 옛날, SNS 선조 '싸이월드'라는 게 있었지. 안다면 내 또래인 걸로. 그 시절 내 미니홈피의 대문 글이 "긍정의 HIM"이었다. 그렇게 살다 보니 될 일은 되고, 안 될 일도 종종 되더라. 여전히 긍정의 묘한 기운을 주변에 설파하며 살아간다.

다 나 같지는 않다. 아니, 대략 떠오르는 대로 통계를 내보자면 나와 반대 성향인 존재가 더 많은 거 같기도. 요즈음엔 특히 더 그런 듯. 뭐든 쉽지 않은 그런 시대를, 모두 쉽지 않게 살아가기 때문일까. 조금은 서글프지만 그래 보인다. 뭐, 나 또한 현실이 크게 다를 건 없지만. 그저 오래 그래왔기에 '밝음'을 남보다는 더 뽐뽐할 수 있는 것이리라. 비판적이긴 하다. 사고 자체가 뭐든 그리 쉽게 받아들이는 편은 아니라서. 하나 비평은 하되, 무조건적인 비난은 절대 지양하려 한다. 논거가 명확해야지. 근거라도 있든지. 그렇지 않은 사람들과 함께할 때면 힘들더라.

운동을 좋아하니까 적절한(?) 내기를 종종 하게 된다. 2대2로 팀을 이뤄 스크린 골프를 치기도 하고, 테니스를 한 게임 치기도 하고. 가장 간단한 내기는 진 팀이 이긴 팀의 비용까지 지불하는 게임비 내기다. 적절한 팀워크가 요구된다. 지는 걸 굉장히 굉장히 싫어하기에 지기 싫다, 매번. 하나 상대가 누구냐에 따라 그 '승리욕'을 조절하긴 한다. 모교의 명예를 걸고 붙는 경기라든지, 가족 대항 경기라면 승리욕 지수가 10점 만점에 10점이다 (설, 추석 연휴에 종종 격돌하게 되는 친지들과의 경기는 왜 늘 친선전이 되지 않을까?). 그에 비해 승리 욕구가 쭉 낮아지는 경기도 있다. 대개 친구들과의 팀 경기다.

부산에 내 청춘을 바치던 2016년에 친구들과 골프 인생을

재개했다. 대학교 4학년 때 '교양 골프' 수업에서 몇 번 휘둘렀던 건 골프채가 아닌, 그저 날씬한 작대기였던 걸로. 이번엔 골프에 제대로 불붙었다. 레슨 후 우리끼리 스크린 골프장으로 퇴근(?) 하던 나날들의 연속. 나와 친한 형 L, 여자 친구들 K와 H 이렇게 넷이 한 조였다. 이 멤버 그대로 골프장 카트도 자주 탔고. 스크린에 입장하면 일단 나와 L 형이 나뉘고, K와 H도 분리, 그렇게 남1 여1로 팀 대항전을 했다. 흥미로운 경기가 많았는데, 우리 모두 초심자였기에 미스 샷도 많이 나오고 엉망진창이었다. 그중 L 브로는 우리 꼬마 셋보다 골프 선배였기에 실력이 훨씬 나았다. 풋내기 셋이 허둥지둥하면 L은 여유롭게 승리를 꿈꾸곤 했다. 난 이미 우리 팀의 패배와 pay를 예상하고 1번 홀에 입장했기에 승리 대신 'fun'을 추구했다. 우리 팀 H가 실수할 때마다,

"괜찮아, 괜찮아. 다음 홀에 잘 치면 되지. 내가 잘할게!"

그저 마음 편히 마음대로 치라고 분위기를 'up' 시켰다. 뭐, 그 경기가 올림픽 결승전은 아니었으니까. 반면에 상대 팀은 조금 달랐다.

K가 실수인지 실력인지 공을 저기 저 물에 빠뜨리면, L 형의

말이 줄고 줄었다. 그러더니 본인의 샷도 꼬이기 시작. 둘은 점점 고요한 경기를 펼쳐나갔다. L이 잠시 방을 나간 사이 K는 나와 H를 바라보며 울상을 짓곤 했다. 물론 장난 섞인 표정이었지만. 그럴수록 우리 팀의 분위기는 내가 더욱 끌어올렸고, 두 팀의 온도 차는 여름과 겨울 수준이었다.

경기는 우리 팀이 질 때가 많았다. 돈도 더 많이 냈고. 그럼에도 항상 나오는 길엔 우리 팀이 이긴 듯한 묘한 분위기. K는 이기고도 미안해하는 표정이었고. 흥미로웠다. 역시 개인전이 아닌 단체전은 'Team Chemistry'가 중요하다. 요즈음엔 줄여서 '케미'라고도 부르는 그것. 그게 좋으면 될 건 되고, 안 될 것도 종종 된다는 지론을 펼친다. 난. 그렇게 누구든, 처음 만나도 '하이파이브'를 많이 하는 조금은 흥 넘치는 캐릭터인 나. 주변인들이 뭐가 됐든 나와 함께하는 걸 좋아하는 거 같아 나도 좋다. K가 종종 내게 건네던 말이 있다.

"현동아, 넌 'Cheer up'을 참 잘해."

나도 인정. 분위기가 처지는 걸 싫어한다, 굉장히. 된다, 된다해도 안 되는 거 투성이인 우리 삶. 그래서 난 늘 "다 된다."를 읊조린다. 인간은 누구나 자기만의 세계와 관념, 관점이 있기에 타인을 존중한다. 다만 주변 사람들에게 에너지 넘치는 사람, 밝은 사람, 긍정적인 사람, 그래서 자주 함께하고 싶은 사람으로 다가가고자 한다면 긍정하라. 난 그렇게 살아가려 하고, 실제로 그렇게 살아간다. 긍정의 파워가 꽤 세다는 걸 알기에. 함께하겠는가? 그렇다면 긍정의 힘으로 Go! Just do it! Be positive!

소개팅 계획자

소개팅이란 걸 그리 많이 해보진 않았다. 못 했던 걸까. 대학교 1학년 때는 입학하자마자 캠퍼스 커플이 됐고, 이후에도 곁에 '한 사람'이 있을 때가 많았다. (지금은 왜 이래. 나?) 미팅은 딱 한 번 했다. 진짜로. 심지어 여자 친구의 허락을 받고. 한 번도 못 해본 스무 살의 내가 불쌍(?)했나 보다. 그렇게 20대를 휘리릭 보냈다. 진짜 어른이 되고 나서는 이게 선인지 소개팅인지 명확히 구분 힘든 그러한 '강요적 만남'을 강요(?)당하곤 했다. 물론 주장 강한 난 대부분의 강권을 단칼에 무찔러냈다. 거의 만난 기억이 없다. 그러던 나였는데. 그렇게 굳건한 나였는데. 무너진 것일까.

그래 무너졌다. 이제 만난다. '누구든'은 아니고, '누군가'를. 굉장히 열린 마음으로 말이다.

얼마 전에도 한 사람을 만났다. 선과 소개팅의 그 불분명한 경계를 나는 '선개팅'이라고 명명한다. 적확한 신조어라 확신한다. 심지어 이날은 나와 미지의 여성, 둘만의 만남이 아니었다. 그랬다. 주선한 선배님도 동석하셨다. 나보다 무려 25살이 많은 대선배님. 그와 나 그리고 한 여성의 저녁 식사가 예약됐다.

선배님이 1등으로 도착하셨다. 늦지 않으려고 15분이나 일찍 도착했는데도, 내가 두 번째였다. 나와 소개팅녀보다 더 긴장하신 듯한 선배님. 그런 선배님이 귀엽고도, 감사했다. 오랜만에 뵀기에 도란도란 둘만의 근황 토크를 이어나갔다. 여성분은 다행히(?) 10분 정도 늦는다고 메시지를 보냈고. 조금 이상한 건지 모르겠지만, 난 누군가 약속 시각보다 늦게 도착한다고 하면 좋다. 그저 좋다. 혼자만의 시간을 확보한 느낌이랄까. 내가 상대보다 늦지 않아 안도하는 것과 동시에 기분이 나빠지거나 하진 않는다, 전혀. 심지어 30분 정도 늦어도 '그냥 그런가 보다.' 한다. 늦으면 늦는 거지 뭐 어쩔 수 있나. 그 또한 운명인 것을. 그렇게 혼자 잘 노는 난 혼자 잘 논다. 상대가 올 때까지. 내 앞에 나타

제가 좀 예민해서요

나기만 하면 된다. 언제가 되든(노쇼는 노노).

신호가 왔다. 촉이랄까. 우리의 자리는 3층 창가였는데, 내 자리에서 지상층 엘리베이터 홀이 내려다보였다. 적지 않은 이들이 오가던 광경을 내 눈은 쉬지 않고 받아들이고 있었다. 입으론 말을 내뱉으며, 선배님과 소통하면서 말이다. 한 여성이 포착됐다. 그녀가 온 듯하다. 그저 느낌이 그렇다. '불특정 다수'에서 '특정 1인'이 될 거 같은 그런 묘한 시그널. 정확히 2분 후에 말이다. 예습했던 메뉴판을 슬쩍 다시 내 앞으로 당긴다. 선배님도 보시기 좋게 하나 돌려드리고. 3명이니까 메인 메뉴 3개와 샐러드, 음료 등을 휘리릭 검토한 후 선배님께 권하고, 곧바로 '결재' 받았다. 이제 내 시야에 입장할 때가 됐는데. 오, 지금이다.

"안녕하세요. 제가 좀 늦었죠. 죄송해요."

남색 코트를 입고 엘리베이터를 기다리던 1층의 그 여인이 첫마디를 건넸다. 딩동! 예감 적중. 안쪽 자리를 권하고, 선 결재 받은 메뉴를 간략히 PT한 후 오더까지 완료했다.

우리 셋은 쉽게 결합해 대화와 미소가 끊이지 않았다. 다행히 그렇게 1시간여를 보내고, 눈치 빠른(?) 선배님께서 먼저 일어나셨다. 결재하셨던 메뉴를 '결제'하고 멋지게 떠나셨다. 이제 우리 둘. 조금 더 'young'한 대화를 이어나가면서, 내 머리도 빠르게 돌아가기 시작했다. 이대로 헤어지진 않을 온기가 우릴 감싸니, 2차를 준비해야지. 아, 그런데 이 요상한 느낌은 또 뭘까. 썩 좋은 신호는 아닌 거 같은데 말이지. 아이폰이 요란하게 울린다.

"저, 잠시 전화 한 통만 받고 올게요."

절묘한 이 타이밍에 이 아이는 왜 내게 전화한 걸까. 헤어진 지 6개월 넘은 전직 여자 친구님께서 왜 내게 콜을. 짧게, 그리고 최대한 성의껏 묻는 말에 대답해드리고, 통화 종료 후 내 자리로 돌아왔다.

잠시 멈췄던 사고의 회로를 재가동한다. '차를 몰고 오진 않았지만, 첫 만남이니 가볍게 라테 한잔하면 딱 좋을 거 같아.'라고 판단해 그녀에게 권했다.

"조금만 걸으면 맥심 플랜트도 있고요. 앤트러사이트도 좋아요. 어디가 더 끌리시나요?"

"어, 커피도 좋긴 한데, 칵테일 한잔할까요? 괜찮을까요?"

워후. 이건 내 예민한 감각으로 도출해낸 예상 시나리오에서 살짝 어긋나는 상황. 당황하지 않고, 바로 받아서 재빠르게 '이내비'를 가동한다.

"칵테일도 좋죠. 그럼 길 건너서 YAS 가죠."

제가 좀 예민해서요

"네, 저 잘 모르니까 현동 씨 아는 데로 가요."

다행히 실시간 목적지 재검색 기능이 성공했다. '이 내비'의 big data에 스스로 감사하며. 2차 칵테일 토크도 꽤 성공적이었고, 둘 다 당일 귀가에 성공했다. 2차 장소가 1순위 대신 'Plan B'로 급전환됐으나 smooth하게 이어졌고, 큰 틀에서 계획한 대로 귀가 시각도 맞춰졌다. 마치 처음부터 끝까지 다 기획한 마냥.

착하고, 똑똑하고, 굉장히 멋진 일을 하는 멋진 분. 한 번은 더 뵐 수 있을 거 같았다. 그래서 한 번 더 만났고, 정말 '한 번'만 더 뵀다. 둘 중 어느 누구의 강한 의지도 없이, '암묵적 합의' 하에 세 번째 만남은 성사되지 않았다. 이 또한 마치 기획 혹은 계획한 마냥.

이후 잊고 지냈던 그분을 선배님, 그러니까 '결제'해주신 선배님의 딸 결혼식에서 스쳤다. 사회자와 하객으로, 서로의 물리적 거리만큼이나 심리적 거리도 멀었던 그날, 정말 스쳤다. '축하'라는 같은 마음을 각자 품은 채. 잘 살고 계시리라 믿는다. 아 그런데, 쓰고 보니 나 뭔가 미련 남은 듯한 이 느낌 뭐지? 아닌데. 아, 진짜 아닌데. 아, 몰라. 어쨌든 난 지나친 예지 감각으로 '처음 만나는 사람과의 첫 자리, 소개팅도 계획한다.'라는 걸 말하고자 한 것일 뿐. 아, 말하면 할수록, 글 쓰면 쓸수록 이상해지네. 안 되겠다. 여기서 끝.

Chapter 5

느껴져요

Backpack족 여러분,
거북이 그만

서울은 매일매일 참 바쁘다. 아침엔 출근하느라 급하고, 오전엔 오전이라 바쁘고, 정오엔 점심 먹어야 하니 여유롭나 싶지만 그렇지 않고, 오후엔 졸리지만 할 일이 밀려 정신없고, 저녁엔 퇴근하느라 발이 빠르다. 에스컬레이터에서도 서있지 않고, 무빙워크에서도 스스로 무빙하는 사람들. 앞사람 발뒤꿈치를 밟기도 하고, 지나치는 사람 어깨와 싸움하기도 한다. 뒤를 돌아볼, 신경 쓸 겨를은 만들려 해도 만들기 힘들 테다.

Backpack. 예전엔 '배낭' 정도로 불렸던 그 가방. 등 뒤에 메는 가방. 학교 다닐 땐 매일 우리의 등 위에 올라타 있던 그 가방 친구들이 어른이 된 이후엔 양손에 들려있거나, 앞으로 이동한 듯하다. 난 여전히 백팩을 선호하지만. 이 또한 '효율성' 때문일까? 양손을 자유롭게 쓰고, 그저 더 활용하고 싶은 걸로 해두자.

패션 감각을 뽐내는 남성들이 늘어나며, 백팩의 인기도 꽤 상승한 요즈음이다. 딱 떨어지는 슈트 위에 백팩을 메고 파워 워킹 하는 신사들. 나 역시 그러한 모습을 꿈꾸며(그저 꿈만 꾸며, 현실과 이상의 괴리 매일 체감 중이다) 백팩을 메는 것 같기도 하다. 길에서 스치는 '백팩 우수 소화남'들을 보면 그저 감탄하게 된다. 그런데, 종종 멋진데, 굉장히 멋진데 뭔가 아쉬운 젠틀맨들도 만나게 된다. 특히 지하철에서. 엘리베이터에서.

지하철을 타러 가려면 엘리베이터도 타야 한다. 우리 집은 8층. 불행 중 다행(?)인 걸까. 아파트 엘리베이터에서는 백팩족의 '습격'을 받은 기억이 적다. 아니, 거의 없는 듯하다. 고령화되어가는 사회 덕분인 건지, 아니면 내가 사는 아파트, 그중에서도 엘리베이터를 함께 이용하는 70여 세대 이웃사촌들의 연령대가 높은 덕분인지. 뭐 어쨌든 그렇게 하루 일정이 시작된다.

지하철역에 도착해 지하철에 몸을 넣는다. 간혹 구겨 넣기도 하고. 어허, 그들의 공격이 시작됐다. 앞사람이 크다. 키가 아니고, 앞뒤 용적이 크다. 백팩을 메고 있기 때문. 본인은 잘 모른다. 자신의 등 근육이 어마어마하게 커졌다는 것을. 나의 복부로 그 불룩한 백팩의 질감과 무게감을 온전히 받아낸다. 살짝 감당하는 느낌도 들고. 여전히 본인은 잘 모른다. 그러니 어쩌겠는가. 싸울 수도 없고. 어쩔 수 없다.

주말 아침에는 그들의 공격이 더욱 거세진다. 무리 지어 공격 개시한다. '등산족'의 출몰. 그나마 평일 러시아워 시간대만큼 사람이 많지 않아 객차 내 혼잡도가 상대적으로 낮다는 걸 위안 삼아야 한다. 조금 걷더라도 1호 차나 10호 차, 사람이 상대적으로 적게 타는 객차로 향하곤 한다. 이 방법 꽤 좋다. 유산소 운동도 되고.

평온한 주말을 마무리하고 귀가하는 길, 이내 그 평온함이 깨진다. 아침에 등산 갔던 '등산 백팩족'들도 하산했기에.

제안합니다. 백팩을 'Front pack'으로 바꿉시다. 앞으로 메자는 거죠. 프론트백이 말이 좀 어려우니, '앞팩' 어떨까요? 우리 '앞팩 메기 운동'을 시작합시다. 이거 꽤 장점이 많습니다. 자랑(?)하는 건 아니고(사실 자랑할 거리도 아님) 전 매일 백팩을 앞으로 멥니다. 지하철이나 엘리베이터를 탈 때 말이죠. 뭐가 좋냐고요?

제가 좀 예민해서요

일단 소중한 내 가방을 온전히 내 품에 안을 수 있습니다. 보안이 취약할 수 있는 공공장소에서 내 가방을 안전하게 지켜낼 수 있죠. 자연스레 뒷사람에게 불룩불룩 공격을 하지도 않고요. 나와 타인 모두가 win-win할 수 있죠. 앞으로 가방을 메면 두 손으로 감싸 안아 그 부피를 조금 더 줄일 수도 있습니다. 숨조차 쉬기 힘든 지하철의 혼잡도를 조금이나마 낮출 수 있습니다. 엘리베이터라면 한두 사람 더 태울 수도 있겠죠.

어떤가요? 이 정도면 꽤 긍정적 효과 아닌가요? 어렵지 않습니다. 오늘부터라도 당장 실행 가능하죠. 이제 복잡한 곳에선 백팩을 앞으로 메는 겁니다. 단, 길을 걸어 다닐 땐 뒤에 메시길 바랍니다. 조금 우스꽝스러울 수도 있으니까요. 기억하죠? 과유불급(過猶不及).

같이의 가치? Oh, NO!

그 옛날, 싸이월드 미니홈피 시절. 첫 화면에 글을 적어뒀다. '대문 글'을 기억하는가? 내 소개인 듯, 자랑인 듯, 일기장인 듯, 감성 소년 혹은 그냥 동네 꼬마인 듯 주저리주저리 몇 글자 써뒀던. 요즈음엔 인스타그램 프로필에 글을 쓴다. 과거의 그곳과 비슷하다. 최대한 나를 어필하고, 알리고, 뽐낸다. 심지어 대놓고 광고하기도 하고. 자신만의 공간에 첫발을 내디딘 미지의 누군가에게 나를 알려 그가 내 온라인 공간에서 '장기 체류'하길 바랄 테다.

대학생 시절 내 오랜 소개 글이 있었다. 아니 글은 아니고 한 문장, 아니 문장도 아니고 어구 정도? '긍정의 HIM'이었다. (오, 기억한다면 그땐 '감각 과민증'이거나 '독서왕'!) 딱 그 두 어절만 써놓았던 나의 20대. 그 시절 나의 소박한 목표였고, 이젠 내 삶을 관통하는 모토이기도 하다. 긍정의 힘을 알고 긍정하려 하는 긍정적인 남성, 그 Him 이현동이다. 긍정의 파워를 아는 그대라면 지금 고개를 끄덕이고 있을 테고. 물론 내 일상엔 비판적인 사고 또한 공존한다. 행여나 긍정보다 부정에 가까운 사고방식으로 삶을 꾸리는 그대라면, 긍정의 지분을 더 늘려보길 권한다. 효과가 꽤 괜찮다. 주변 사람들에게 다가가는 나라는 존재의 느낌이 달라질지도.

난 물건을 살 때, 뭔가를 고를 때, 선택할 때 '희소성'이라는 가치를 최우선시한다. 심지어 여성에게서도 뭔가 신비한, 알 수 없는, 독특한 그런 느낌을 받을 때 매력을 느끼곤 한다. 이건 이상한 감각 과민일까? 친구들의 이상형과 나의 그것이 전혀 겹치지 않는 걸로 봐서 평이하진 않은 것 같다. 그런 내가 아나운서로 살았다. 매일 수많은 멘트와 제스처와 리액션이 요구되는 일. 희소성을 추구하는 이 아나는 늘 다른 말을 하고 싶었다. 남과는 다른 말을 하려 했다. 익숙한 어휘, 어디서 들어본 듯한 말은 내 입으로 꺼내기 싫었다. 그래서 늘 피곤했다. 색다른 뭔가를 찾고, 연구해야 했기에. 뻔한 말은 정말 싫었다. 지금도 여전히 좋아하지 않는다. (오, 이 부분도 얼핏 읽은 듯하다면 그댄 다시 한번 '감각 과민증'이거나 '독서왕'!)

'같이의 가치'라는 말을 들어본 적 있는가? 좋은 말이다. 동의한다. 처음 이 말을 들었을 땐, '오 좋아!' 했다. 언어유희를 즐기는 내게 꽤 신선하게 다가온 표현이었다. 문제는 이후에 닥쳤다. 나처럼 이 말에 호감을 느낀 이들이 너무나 많았다는 게 크나큰 문제였다. 온라인 공간을 유영하다 미상의 누군가를 만나 그이의 이름 아래 첫 글을 보는 그 순간,

"아, 여기 또 있네. 이 사람도."

이런 감탄 아닌 탄식을 내뱉게 될 때가 적지 않았다. 대중은 '같이의 가치'를 너무나 잘 알고 있었고, 너무나 공감해, 너무나 예쁘게 딱 한 줄 그 말을 써놓곤 했다. 최상급 한우 안심 스테이크도 사구 먹다 보면(물론 매일 먹어보진 못 했지만) 질리는 법. 좋은 말, 의미 있는 문장도 보고 또 보니 금세 질렸다. 어느 순간 내게 같이 하는 것의 가치는 퇴색되어 그저 식상한 표현, 그 이상 그 이하도 아닌 게 돼버렸다. 안타깝게도 말이다.

제가 좀 예민해서요

하나 더 떠오른다. '내가 좋은 사람이 되어 좋은 사람이 내게 오도록.' 캬, 이 얼마나 멋진 문장인가! 굉장히 격하게 동의한다. 선제적으로 내가 '좋은 사람'이어야 좋은 사람이 내게도 운명처럼 '뚝뚝' 하지 않겠는가. 아, 물론 내가 '나쁜 사람'이어도 좋은 사람이 내게 다가올 수 있다. 그렇지. 지금 이런 걸 따지려는 건 아니고. 어쨌든 내가 먼저 좋은 사람이 된다면 내게도 그런 사람이 올 것이라는 '긍정의 Him'을 표방하는 아주 좋은 문구다. 자기 암시 효과도 있고. 허허. 하나 또 그랬다. 이 문장 또한 지나치게 많은 사람의 지나친 사랑을 받고 있었다. 여기에도 저기에도 이 문장이 널려있었다.

아니, 왜 이렇게 깐깐하게 구냐고? 긍정의 힘을 설파하더니 왜 이렇게 비판적이냐고? Okay. 그렇게 반문할 수 있다. 나조차도 스스로 '참 되게 예민하네. 세상 너 혼자 사니?'라고 묻고 싶으니. 결론은 '어쩔 수 없다.'이다. 이렇게 '감각 과민증'을 소장한 나이기에. 내가 느끼는 감정은 조금 다른 것 같기도 하다. 이러한 좋은 말, 좋은 문장의 의미에 동의하는 건 나도 동의. 다만 이것을 그대로 내 것인 양 옮겨오는 행위에 약간의 반기를 드는 것이랄까(아, 안다. 여전히 피곤하다는 것을).

아니, 그러면 속담이고 명언이고 이러한 것들을 그대로 써야지 뭐 내 맘대로 바꾸냐고 다시 내게 반론할 수도 있다.

"그놈의 '긍정의 Him'은 네가 만든 말 맞아? 누가 이미 쓰던 거 너도 차용한 거 아냐?"

라고 공격할지도 모르겠다. 내가 잘나서, 똑똑해서 이런 그럴듯해 보이는 말을 만들었고, 10년 넘게 소개 글로 자랑했다는 걸 자랑하려는 건 아니다. 변명이 너무 긴가. 그저 조금 나만의 생각을 가미하면 어떨까 하는 정도의 생각이다.

고백하건대 나 또한 첫 책《당신에게 최고의 순간은 아직 오지 않았다》를 쓰기 위해 그동안 수집했던 수많은 명문을 조금씩 끄집어냈다. 지금도 에세이를 쓰고 있지만, 언제 어느 곳에 그 말을 활용하면 좋을까 고민하고 고민한다. 이게 팩트다. 사실이다. 그러면서 동시에 나만의 생각을 조금 더 뿜어낼만한 '특급' 문장을 하나 심어야 할 텐데 하며 머리를 굴리는 것도 실제다.

좋은 대화란 청자가 듣고 싶어 하는 말을 이어나가는 것이고, 좋은 글이란 독자가 읽고 싶은 글이라고 나는 생각한다. 그러면서 화자의, 저자의 참신함이 묻어나는 말과 글. 그런 담소를 이어나가고, 그런 습작을 쓰고자 나는 오늘은 산다. 요즈음엔 자기의 이름과 브랜드로 살아가는 시대 아니겠는가. 나만의 콘텐츠를 만들어내고, 내 가치를 높여 나가는 현재 속의 우리다. 그러한 경쟁 속에서 살아남고, 꾸준한 우상향 곡선을 그리기 위해 나는 'creative'해야 한다고 본다. 좋은 것이라고 그대로 가져오기보다는, 그것에 '내 것'을 더해 재창조하는 것. 일종의 'Up-cycling'이 될 수도 있는. 그렇게 나아가는 사람이 되고 싶다. 감각이 지나쳐 일상이 매우, 아주, 때로는 심각하게 피곤할지라도.

그만 좀 다가와, 제발

Personal space / 개체공간　　집단 속의 개체 간에는 거리적인 간격이 있어 어느 선을 넘어 접근해 오면 공격 또는 도피하는 경계가 있으며, 그 경계선 이내를 개체공간이라고 한다. 보통 개체공간의 경계에서 우위 개체의 위협과 공격, 열위 개체의 도피가 일어난다. 또 개체가 집단행동을 취할 수 있는 최대한의 거리를 사회적 거리(social distance)라고 하며 개체공간의 경계와 사회적 거리와의 사이를 생활공간(living space)이라고 한다.

[네이버 지식백과] 개체공간 [personal space, 個體空間]

퍼스널 스페이스라는 말을 아는가? 선입견은 아니고, 왠지 예민해서 예민한 이 책을 읽고 있는 예민한 그대라면 이 용어를 익히 알고 있을 것 같다. (아 이런 게 선입견인가?) 난 이 말을 굉장히 좋아한다. 아끼기도 하고. 내 삶에서 아주 중요한 'boundary'를 적확하게 정의 내려주는 어휘이기에. 자기애 뿜뿜하는 우리라면 나만의 공간을 침범하는 그 누군가를 격하게 경계하며 하루하루를 다소 피곤하게 살아가지 않을까 싶다. 난 어제도 그랬고, 오늘도 그러는 중이고, 내일도 그러겠지.

지하철을 타면 환승 동선을 줄이기 위해 몇 호차의 몇 번 문이 좋을지 확인하고 타는 편이었다. 과거엔 그랬다. '역산의 신'답게 말이다. 하나 요즘엔 그러지 않는다. 시간과 동선의 효율보다 '나'를 지키는 게 더 중요하다고 느낀다. 불특정 다수로부터 나를. 지하철 객차엔 총 4개의 문이 있다. 난 1번 혹은 4번으로만 탄다. 어르신들께 폐를 끼치면 안 되니, 두 열차 사이의 터널 같은 그 통로, 그곳 근처에 선다. 그 통로에 올라타는 건 위험하다는 경고문이 있어 피한다. 앉을 생각은 하지도 않는다. 서서 나만의 공간(?)을 확보하려 한다. 내 분석 결과에 따르면 지하철 객차 내에서 혼잡도가 가장 낮은 구역이 바로 그 통로 앞이었다. 간혹 객차 사이를 오가는 사람이 있지만, 그땐 살짝 피해주면 큰 문제는 없더라. 다리 아프지 않냐고? 인정. 하지만 하체 운동한다 생각하며 그곳에 서있는 게 내겐 최선이다.

예전엔 당연히 자리에 앉았다. 그럴 땐 문 바로 옆, 그러니까 기둥 옆 가장자리 좌석을 선호했다. 이건 적지 않은 이들의 행태와 유사하다. 문제는 바로 옆에 앉는 '타인'이었다. 깔깔깔 통화하며 자신의 인생을 만천하에 알리는 아주머니. 스쿼트 100개 할 정도의 탄탄한 허벅지도 아닌데, 다리를 쩍 벌려 내 하체에 친분을 요구하는 아저씨. 온라인 게임하느라 팔과 어깨로 가히 댄스 타임을 갖는 교복 친구. 양쪽 귀 에어팟을 Bang & Olufsen 스피커처럼 쓰고 싶은지, 웅장한 사운드로 멜론 최신 차트를 굳이 소개해주려는 또래 친구. 성형수술 대신 화장술을 택해 셀프 메이크업 아티스트로 변신하는 누나. 수박색 얼굴에 소주 향 오드 뚜왈렛을 뿌리고 내 넓은(?) 어깨를 라텍스 베개 삼으려는 형. 세상엔 정말 다양한 사람들이 있다는 걸 나는 지하철에서 배웠다. '남에게 피해 주지 않는 범위 내에서 내 마음대로 살자.'라는 주의의 나이기에, 나만 일방적으로 받는 피해는 내가 제거해야 했다. 그렇게 난 일어났다.

난 '자체 고립남'으로 거듭났다. 이게 최선이었고, 좋다. 아무도 보지 않는다. 그 누구에게도 관심 갖지 않는다. 오로지 난 나

제가 좀 예민해서요

의 길을 갈 뿐이다. 지하철은 그저 이동 수단일 뿐이다. 그 어떤 타인과도 교류하지 않는, 교류할 필요조차 없는 그런 잠시 '현 위치'만 공유하는 그런 공간. 이 정도면 딱 좋다.

요즘은 나를 너무나 사랑해 연애도 잘 안 하는(못 하는 거 아니고?) 나. 영화배우를 꿈꿨고, 여전히 영화 같은 삶을 그린다. 극장은 좋아하지 않을 수 없고, 그곳 또한 나에겐 특별하고, 흥미로운(?) 공간이다. 혼자 영화 보는 걸 즐긴다. 심지어 야심한 시각에. 난 스스로 '평일 단독 심야 영화'라 네이밍도 했다. 나만의 굉장히 중요하고도 온전한, 성스러운 시간이기에. 왜 밤에 혼자 가냐고? 그렇다. 퍼스널 스페이스 때문이다.

토요일과 일요일에는 극장에 가지 않으려 한다. 너무나 많은 사람이 너무나 많이 몰려 너무나 많이 붐비고, 너무나 정신없고, 너무나 소란하기도 하다. 심지어 너무나 많은 이산화탄소가 뿜어져 나와 호흡이 곤란했던(실제로 상영 중에 잠시 뛰쳐나왔던) 기억도 있다. 내 개그 코드가 남다른 건 아닌데, 간혹 까르르 터지는 다수의 폭소 시점이 나랑 안 맞기도 하다. '이게 뭐가 웃기지?' 할 때가 꽤 많았다. 물론 그땐 내 옆에도 누군가 있었겠지. 동행인도 나처럼 웃지 않으면, 유치하지만 만족했다. 아, 뭐 나 혼자 우등하거나 사회 부적응자라고 고백하는 건 아니다.

영화를 좋아하고, 온전히 나만의 감상을 위해 기꺼이 수고스럽지만 밤늦은 시각에 외로이 극장으로 향한다. 자리는 'always' 맨 뒷줄 구석. 나처럼 혼자 오는 관객이 요즈음엔 꽤 있다. 10명 내외이지만, 암묵적 합의하에 각자의 퍼스널 스페이스를 지켜준다. 널찍한 공간에 멀리멀리 떨어져 앉아 서로의 감성을 터치하지 않는다. 나만 예민한 게 아니었다. '그래, 그렇게 비정상적 인간은 아니지 내가.'라는 생각과 함께, 엷은 미소 지으며 영화에 빠진다.

지난 한 해 동안 관람한 영화를 쭉 살펴보니 20개 중 17개를 나 혼자 봤더라. 말 그대로 '나 혼자 본다'였다. 3편 중 2편은 부모님과 함께 본 영화였다. 요즈음엔 영화에 대한 애정이 경제학과 결합해 투자도 시작했다. 아, 물론 소액이다. 지푸라기라도 잡고 싶은 심정으로 〈지푸라기라도 잡고 싶은 짐승들〉에 힘을 보탰다. 며칠 전 시사회에서 정우성 형을 봤더랬지. 진짜 뭐 정말 어마어마하게 멋졌고, 그의 마지막 한마디가 떠오른다.

"손 세척 잘하시고요."

빵 터지며 오른쪽에 앉은 동행인을 쳐다봤다. 아, 옆자리에 누가 착석해있는 게 얼마 만인가. 시사회는 혼자 가기 아깝잖나.

허허, 그런데 남자였다. 그냥 그랬다고요.

남자는 남자, 여자는 여성?

그대는 말을 잘하는가? 아, 답하기에 너무 어려운 질문인가. 그럼 이렇게 바꿔보자. 그대는 타인을 배려하는가? 나 아닌 타인의 감정과 기분과 상황을 고려해 그 사람을 대하는가? 묻고 나니 이게 더 대답하기 어려운 질의인 듯싶다. 미안합니다. 과거의 나는 그러지 못했기에, 이제라도 그러려고 신경 쓰며 살아간다. 이런 건 뭐라고 해야 할까. '과민 배려 감각'이라고 명명해야 하나. 뭐 그런 느낌이라고 보면 되겠다.

우리 사회가 꽤 팍팍해졌다. 정의, 공정, 평등 등의 가치가 중요해졌다. 어쩌면 현시점에서 우리나라가 정의롭지 못하고, 불공정하며, 불평등하다는 뜻이겠지. 동의하는가? 100% 동의하진 않더라도 '비동의'하긴 힘들 테다. 나 또한 그러하고. 인생에는 태생적으로 우리가 바꾸거나 어떻게 할 수 없는 요소가 적지 않다. 반대로 바꿀 수 있는 건 뭐가 있나. 돈을 많이 벌어 부자가 되면 불평등이 평등으로 이동할까? 시험을 잘 쳐서 내가 원하는 어디 어디에 합격해서 내가 원하는 걸 다 이룬다면 불공정이 공정해질까? 아, 이미 출발선이 달라 나 혼자만의 노력으로는 그런 게 불가능하다고? 그렇게 말한다면 그런 거 같다. 그게 현실임을 자각한다.

난 30대고 나의 부모님은 60대이다. 세대 간 갈등은, 그 세대를 바꿀 수 없으니 그저 해결하기 위해 노력할 수밖에. 난 남자고, 그대는 여성이라면 이것 또한 '절대 불변'이기에 서로의 화합을 도모할 수밖에. 허허. 정말 자연스럽게 이제 몸에 익어버렸네. 내 얘긴데, 난 언젠가부터 '여자'라는 어휘를 금기어 목록에 올렸다. 난 '여성'이라는 단어만 사용한다. 그러려고 한다.

언제부터인지, 왜 그러게 됐는지 정확히 기억하지는 못한다. 그저 자연스럽게, 라고 하기에도 자연스럽진 않고 뭐 알 수 없는 어떤 시점부터 오늘까지 이어져 왔다. 남자와 여자. 여기에서

'자'는 者. '놈 자'이다.

者(놈 자) : ① 어떤 명사(名詞) 아래에 붙여, 어느 방면(方面)의
일이나 지식(知識)에 능통(能通)하여 무엇을 전문적(專門的)으로
하거나 또는 무엇을 하는 사람임을 뜻하는 말.
② 사람을 가리켜 말할 때, 좀 얕잡아 이르는 말로서, 사람 또는
놈이란 뜻을 나타내는 말.

[네이버 한자사전]

우리에겐 두 번째 의미가 더 익숙하다. 조금은 낮게 보는, 하
대하는 말로서 '○○자'를 쓴다고 배워왔다. 그래서인지 남자와
여자라는 어휘가 '왜 그래야 하나?'라는 다소 엉뚱할 수도 있는
생각을 하게 됐다. 난 남자니까 그냥 '남자'라고 하면 되겠는데,
여성은 '여자'라고 하면 안 될 거 같은, 오버하는 거 같지만 틀린
거 같지는 않은 이상한 생각이랄까. 결론은 '남성 & 여성'이었
다. 겸손한 척하는 거냐고? '겸손'이라는 말이 적확한지는 모르
겠지만, 내 답은 "No."이다. 그저 여성을 조금 더 우대하고 싶다.
그래야 할 거 같다. 아주 거창하게 포장하자면 남자의 '도리'랄
까. 우습지만 말이다.

난 내가 남자라는 불변의 사실에 감사하다. 다시 태어나도 난 남자이고 싶다. 남자여야 한다.

"상남자 이아나님, 아이스 돌체라테 나왔습니다."

스타벅스, 골프존 등 별칭이 필요한 모든 곳엔 저 별명을 써 둔 나. 동행한 이들이 부끄럽다며 언제나 고개를 돌리지만, 난 나의 애칭을 애정한다. 내가 지은 거라 더욱 그렇다. 생긴(?) 건 그렇지 않고, 또 그렇게 막무가내로 거칠게 살 수 없는 삶이기에 전혀 '상남자' 같지 않다고 주변인들은 말한다. 하나 내 속엔 굉장히 강력한 남성성이 숨어있다. 늘 'macho'의 삶을 꿈꾼다. 동시에 알고 있다. 강할수록 부드러워야 한다는 것을. 속은 남자이지만, 겉은 양성성을 갖춘 부드러운 남자라고 난 잘 포장(?)되어 있기에 여성을 더욱 우대하려 한다.

잘못됐다는 전제하에 우리나라는 남녀 차별이 심하다는 걸 잘 안다. 전 세계적으로도 그렇겠지만 우리 사회는 더 심각하다고 본다.

"남녀 '구분'을 하려는 건 아니고요."

라는 말을 꽤 자주 한다. 변명하는 거 같지만 또, 마치 "나는 다른 남자와 달라요." 하며 잘난 척하는 거 같지만 자꾸 저렇게 말하게 되더라. 지나친 배려일 수도 있다. 혹은 소심하거나. 평화주의자랍시고, 분위기가 냉랭해지는 것을 사전에 방지하고자 혼자 오지랖을 떠는 거라고 볼 수도 있다. 뭐가 됐든, 욕을 먹든, 내가 손해를 보든 난 좋은 게 좋다. 남자들에겐 지지 않는다, 절대로. 여성들에게만 양보한다. (이것도 좀 웃기지만) 상대적으로 약한 존재라 여겨지고, 보호받아야 할 여성을 더 챙겨야 한다고 본다. 그냥 그렇다.

남성 우월주의, 남존여비 사상. 이런 말들을 들어본 지 꽤 오래됐다. 다행이다. 현시대에 어울리지 않는 이따위 고루한 말들은 화장(火葬)하거나 매장해야 한다. 냉정하게 보라. 요즈음엔 여성들이 더 대단하다. 올림픽에서 금메달을 더 많이 수확하는 이들도 여자 양궁 대표 팀과 여자 쇼트트랙팀이다. 여기엔 여성보다 '여자'라는 용어가 더 어울리네. 뭔가 더 강해 보이기도 하고.

남자들이여, 우리 정신 차리자! 우린 여전히 어리고, 미성숙하고, 때론 유치하기까지 한, 그저 물리적 힘만 센 존재들일지 모른다. 소년들이여, 세상에서 가장 위대한 존재는 누구라고 생각하는가? 떠올렸는가? 그렇다. 난 내 어머니의 얼굴이 아른거리네.

5-5

동방예의지국 대신 RESPECT

90년대생을 넘어 이제 2000년대생 친구들과 공존한다. 아, 미안하다. 친구 아니다. 한참 '동생님'이시다. 후배님들이여, '동방예의지국'이라는 말을 아는가? 들어본 적은 있겠지? '라테'는 말이야, 이 말을 사회 시간, 도덕 시간에 수도 없이 들었단다. 6음절의 꽤 긴 어휘인데도 입에 착착 감기는 말이었지. 우린 '그런 국가에서 살아가는구나.', 했고. 난 꼰대 아니다. 이렇게 주장하긴 하는데, 그건 그대들이 평가해야겠지. 아, 그대가 나처럼 '라테'와 '꼰대'의 경계를 오가는 위태로운 존재일 수도 있으니 차차 풀어보자. 현시대의 이슈를.

존경하는가? 누구를 그래야 하지? 선생님? 선배? 아니면 상사? 워워, 벌써 표정 일그러지는 게 느껴진다. 하나씩 쓰면서 나도 인상 찌푸렸으니. 내게 참된 가르침을 주신 은사님은 떠오른다. 몽둥이로 무수히 내 허벅지 근육을 단련시켜주셨던 고3 때 우리 담임선생님이 가장 좋았다. 고통과 애정이 정비례하는 느낌이었다고 할까. 조금 변태(?) 같거나 아니러니하지만 말이다.

선배는 존경하기엔 좀 그렇고, 따르긴 했다. '추종'이라는 단어가 어울리겠다. 그 어렸던 초등학생 때부터 따랐던 형이 있었다. 중학교, 고등학교까지 내 선배가 됐다. 아, 물론 그 형에 중독돼 그 형 따라 진학한 건 아니다. 동네 형이었으니까 학교는 자연스럽게 이어진 걸로. 한 살 위였던 C. 대학생이 되며 우리는 이별(?)했지만, 돌고 돌아 또 소식이 닿았다. 돌이켜보면 그렇게 나의 시대를 관통했던 인물들이 있었다.

상사는 흐음…. 있었다. 내가 멘토로 여겼던 우리 선배님 J. 방송사에 갓 입사한 꼬마 아나운서를 소주와 당근으로 혹독하게 채찍질하시며, 나름의 유망주로 키워내셨다. 지금은 잠시 떨어져 있지만, 마음속 거리는 언제나 얼굴 마주 보며 '앞자리'이다. 나의 사람들을 하나둘 꺼내봤다. 그대는 어떠한가? 존경하는 인물이 많은가? 있긴 하겠지? 설마 아무도 떠오르지 않는 건 아니겠지? 어쩌면 그럴지도.

다행히(?) 한 사람 이상의 대상을 떠올렸으나 나 또한 존경은커녕 동행조차 힘든 윗사람이 넘쳐났다. 조별 과제를 할 때면 '자체 실종'되더니 최종 발표일에 슬쩍 조원들 틈에 끼어드는 복학생 선배. 목소리의 데시벨과 본인의 권위가 일치한다고 생각하던 부장. 걱정해주는 척하면서 은근히 사람들 모여있는 곳에서만 날 '디스(disrespect)'하던 팀장. 불쌍한 인간들이 많았다. 왜 저러나 싶은. 그러면서 나의 멘탈은 강해졌고, 현재 그들에게 감사하다 매우.

"그래, 그 아래에서 계속 날 그렇게 우러러보렴. 난 그사이 더 위로 올라갈 테니."

혼자 이렇게 소리 내어 주문을 걸곤 했다.

세대 간 갈등이 심각한 대한민국이다. '90년생'들이 어떠한 캐릭터인지 책으로 공부하는 시대다. 그러지 않고선 '오팔 세대'와 3040 세대가 그들과 섞이기 쉽지 않다. 어른들은 어른 대우 받길 원하고, 청년들은 높은 자존감을 뽐내며 그래야 할 당위성을 찾지 못한다. 당연히 어른을 특별히 공경하거나, 우대하지 않는다. 틀린 건 아니다. '웃어른 공경에 관한 법률' 따위가 제정돼 있지도 않으니. 나 역시 도의적으로 할 만큼만 하는, 그 정도면 충분하다고 본다.

나처럼 뭔가 '낀 세대'는 더 많은 감정을 느낀다. 여기도 저기도 아닌 중간 세대라 '박쥐'처럼 왼쪽, 오른쪽 왔다 갔다 해야 할 것만 같다. 더 혼란스럽기도 하고. 갑자기 이런 말이 떠오른다. "세상에 공짜는 없다." 이게 정답이라고 본다. 어른은 어른다워야 하고, 젊은이들은 그들다워야겠지.

지하철을 타면 자리에 앉지 않는다. 'Personal space'를 침해받기 싫어 그렇기도 하지만 다른 이유도 있다. 공정하게 얻은 자리에 앉아 휴대전화도 보고 책도 읽고 하는데, 내 앞에 정면으로 떡하니 서서 내 공간의 조도를 임의로 낮추는 아저씨 혹은 아주머니. 눈도 마주치지 않고 내 할 일 하는 나를, 위에서 내려다보며 일방적으로 '눈싸움'을 건다. 보통내기 아닌 난 그 결투 신청을 검토조차 하지 않고 '반려'한다. 그렇게 난 나의 목적지에서 일어나 의기양양하게 눈길 한 번 쏴주고, 미소 선물하며 하차한다. 내가 앉았던 자리는 경로우대석도 아니고, 임산부를 위한 자리도 아니었다. 내가 틀리거나 잘못한 건 없다.

나이를 말하려 하지 않는다. 아, 나도 모르는 새 숫자가 너무 커져 얘기하기 싫은 게 가장 큰 이유겠지만. 나이를 내세우려 하지 않는다, 절대로. 그런 꼰대가 제일 싫다. 짜증 날 정도로. 그렇기에 나도 결코 그런 존재가 되지 않으려 한다. 동생들, 후배들이 그렇게 생각하길 바라며 행동거지를 조심하려 한다. '어린놈이'로 시작하는 설교를 '증오'한다. 그러지 마시라 어른들. 제발. 아들, 딸이 좋아하지 않을 겁니다. 내 확신합니다.

나이를 내세울 때가 딱 한 순간 있다. 밥 살 때다. 그때뿐이다. 이건 좀 '꼰대' 같은 마인드일지 모르겠다. 동생들, 후배들과 동석해 식사할 때면 밥값은 내가 낸다. 내려 한다. 경사가 있어 한턱 쏠 친구가 있지 않은 한. 뭐, 난 대단히 깨어있는 사람이라거나, 돈이 남아돈다거나 이런 건 결코 아니다. 그저 말없이 밥정도는 사줄 수 있는 그런 형이자 오빠이길 나 스스로 원한다. 우리나라에선 '더치페이' 문화가 다소 정 없어 보인다고 여겼다. 그런데 요즈음엔 아니더라.

90년대생 동생들과 테니스를 친 후 밥을 먹고, 커피 타임까지 완료. 내가 맏형이었기에 늘 그랬듯 신용카드를 꺼냈다. 밥은 내가 사고, 커피는 둘째가 샀다. 그걸로 끝이었다. 그런 줄 알았다. 그런데 그게 아니었다. 모두 헤어진 후 '카톡 카톡' 소리가 내게 노크했다.

"형, 1차 밥값 N분의 1해서 보내드립니다!"

마치 이렇게 외치듯, 메시지가 속속 도착했다. 동생들은 정확하게 팔 등분 해 그 금액을 카카오 페이로 쐈다. 이때 느꼈던 감정을 잊지 못한다. '아, 나도 이렇게 늙어(?)가고 있구나.'

동방예의지국은 더 이상 대한민국과 동의어가 아니라고 본다. Give & Take. 오는 말이 고와야 가는 말이 곱다. 가는 게 있으면, 오는 게 있어야지. 밀레니얼 세대는 이렇게 생각한다. 그리고 이게 깔끔하다. 여기에 동의한다. 맞는 말이고. 왜 누군가 일방적으로 충성하고, 떠받들고, 억지 존경해야 하는가. 옳지 않다. 썩은 건 도려내야지. 모두가 평등하다. 그런 시선으로 타인을 바라봐야 하지 않을까. 그러니 명령하지 마라. 내가 무언가 '지시' 할 수 있는 상대는 오직 '나' 뿐이다.

그런 말은 왜 하는 거니?

말을 많이 한다. 잘하는 편이긴 하고. 말로 월급 받던 사람이니 당연히 그래야 하기도 하겠지만. 요즈음엔 조금 줄이려 한다. 과유불급(過猶不及). 지나치면 오버이니까. 잘한다고 자부했지만, 말이란 건 많이 해서는 얻기보다 잃을 게 많겠다고 느낀다. 필요한 말만 적재적소에. 선을 넘지 않는 선에서. 낄 데 끼고, 빠질 때 빠지는. 모두를 만족시킬 순 없기에. 아니면 아닌 거고.

"그런 말은 왜 하는 거니?"

라고 내뱉고 싶지만 참는다. 물어보고 싶지만 참는다. 본인은 뭐 생각해서 했겠나 싶기도 하고. 내 기준에서, 들었을 때 참 의미 없는 말이거나 기분 나쁜 말이 있다. 지금도 오늘 들었던 몇몇 말이 스쳐 지나간다. 내가 건넨 '실언'은 없었는지 곱씹어 보기도 하면서.

'엎질러진 물'을 어떻게 하겠는가. 물이니 주워 담을 수도 없고(아 물론 실제 '물'이 아니지만) 이미 일어난 일 뭐 어떻게 하겠는가. 잘못됐거나 성공에 가깝지 않은 결과라면 현시점에서 재빨리 '수습'해야지. 누구의 책임이니, 누가 그랬니, 이딴 거 따질 시간에 '해결'부터 하자. 제발. 그러고 나서 나중에, 추후에 정 시간이 남으면 원인 제공자 색출해서 혼을 내든지, 징계를 주든지 하고. 그것조차 다 무슨 소용인가 싶지만. 수많은 이 앞에서 꼭 그렇게 누군가를 '주인공'으로 만들어주려는 사람들이 있다.

"그거 ○○○ 씨가 한 거죠? 그게 최선이었어요?"

이렇게 '난 네가 지난 프로젝트 때 한 일을 알고 있다.'를 드러내려는 유치한 상사라든지,

"창고인 줄 알았네."

대신 청소해줄 거도 아니면서 꼭 한마디를 하고 지나치는 이상한 심보의 인간이라든지. 저런 말 듣고 다시 보면, 내 공간이 사실 그리 지저분하지도 않다. 본인은 얼마나 청소를 잘한다고.

제가 좀 예민해서요

난 이미 포기해서, 기대치가 '0'이라 아무 말도 하지 않는 건데 그걸 자기만 모르겠지.

"나만 잘하면 된다. 다른 사람은 다 알아서 잘한다."라는 문장을 어디에선가 본 적이 있다. 이내 내 아이폰 속 메모장에 저장됐고. 어릴 땐 나 또한 '완벽주의자' 성향이 너무나 강했다. 주변인들이 피곤했을지도 모르겠다. 그 누구도 내게 직접 언급하지 않았기에, 그저 평화로운 줄 알았다. 이제 와 반추해보면 '이현동은 원래 저러니까.'라며 날 나대로 놔준 걸지도 모르겠다. 그랬다면 늦었더라도 사과할게요, 날 거쳐 간 수많은 동료 여러분.

언젠가부터 타인에게 기대하지 않는다. 그런 내가 쓸쓸해 보이거나 외로워 보일까? 스스로 그렇게 생각하진 않는다. 그게 편하더라고. 내 기준을 남에게 들이대면, 모두가 피곤하다. 난 나이고, 넌 너이고. 다름을 인정해야 하는데 어릴 땐 그러지 못했다. 여전히 '미성숙'하지만 상대적으로 그때보단 성장한 거겠지. 조금은 서글프지만, 그리고 극단적이지만 현시점에서 타인을 향한 내 기대치는 정확히 'zero'다.

지시나 명령은커녕 조언도 줄인다. 아니, 하지 않는 정도인 거 같다. 잔소리 듣는 걸 무척이나 싫어하는 나이기에, 내 한마디가 타인에게도 그렇게 들리길 원치 않는다. 그저 묵묵히 내 것만 한다. 협업해야 할 땐, 각자의 결과물을 불평 없이 그대로 받아들인다. 누구나 최선은 다했을 테니. 결과의 차이는 '능력'의 차이거나, '열의'의 차이겠지. 그것 또한 그렇게 그저 받아들인다.

"이게 최선이에요? 정말?"

이런 말 쏟아붙인다고 뭐가 달라지는가. 지금의 결과물은 똑같지 않다. 더 발전할 방안이 있다면 얼른 찾아, 당장 그걸 시작하는 게 나와 동료와 타인 모두에게 '득'이 된다고 본다.

"기록을 남기는 자가 역사에서 승리한다." 이 말을 좋아한다. 말은? 글이나 기록은 남길수록 좋은 거 같고, 말은? 잘 모르겠다. 말은 줄일수록 좋은 건가. 그런 거 같다는 생각을 요즈음 들어 하긴 하니까. 말 많아 다치는(?) 사람을 뉴스에서 꽤 본 거 같기도 하고. 그래서 걱정이 많다. 난 말을 참 많이 하는 사람인지라. 이제라도 줄여야지. 줄이려 한다. 과묵한 캐릭터가 더 진중해 보이고, 신사다워 보이더라. 그러면서 할 말은 하는 사람. 배우 정우성 같은 형이 그렇다고나 할까(이 형. 많이 등장하네. 질투 나게). 아, 물론 정우성 브로는 존재 자체로 멋진 사람이지. 인정.

물티슈 lover

사랑하는 이가 있다. 언제 처음 만난 건지 모르겠다. 어쩌면 내 뜻이 아닌, 타의에 의해 시작된 관계. 아마도 어린 시절 어마 마마께서 그를 내게 소개해주셨던 거 같다. 어렴풋이 떠오르기도 하고. 요즈음에도 어머니는 그와 내 관계의 깊이를 종종 의심하신다. 아니, 의심은 아니고 그저 '지속 가능'한 관계가 오래도록 유지되길 바라신다. 마치 뭐, 환경보호 운동가처럼. Just like 'Sustainable'. 그를 내게 꾸준히 공급해주신다. 약사인 어머니는 대표답게(?) 그렇게 물티슈를 빼 와 내게 '배급'하신다.

물티슈를 사랑한다. 격하게 애정하고, 아낀다. 애인이 없어도, 물티슈는 있어야 한다(그래서 현재 이 모양인지도). 어디든 함께 떠난다. 차에도, 가방 속에도, 여행 파우치에도, 종종 바지 주머니에도 숨겨놓는다. 언제든 내게, 본인의 물기를 다 바쳐 뜨겁고, 짧게 사랑을 뿜어내는 존재. 떼려야 뗄 수 없는 내 '인생의 동반자'이다. 늘 고맙다.

지금 난 스타벅스 연희 DT점에서 이 글을 일필휘지하고 있다. 글쓰기를 시작하기 전, 매우 경건한 마음으로 하나 뜯었다. 물티슈 님을. 내가 앉을 의자의 바닥, 등받이 위 먼지를 학살하고, 수분을 보충해줬다. 이어 동그랗고 동근 원형 테이블을 광이라도 내려는 듯 정성껏 훔쳤다. 닦고 보니, 조명에 비친 테이블이 목재가 아닌 철재 같기도 하고. 아, 이건 나의 오버. 이렇게 나만의 '의식'을 치러야 하기에 늘 준비 시간이 길다. 집이 아닌 실외의 어떠한 공간이든 내가 잠시라도 점유해야 할 곳이라면 나보다 물티슈와 먼저 인사하게 된다. 거의 모든 곳에서. 잊지 않는다. 사실 잊을 수가 없다. 내 예민함이란 녀석 때문에, 덕분에.

어릴 땐 야구장 관중석을 자주 차지했고, 아나운서가 된 이후엔 중계석에 입주했다. 대학생 때는 가방에 야구 글러브 대신 꼭 〈매일경제〉를 챙겨 갔다. 잠실로 향하는 2호선 안에서 경제

기사를 속독하며, '경제 공부를 하는 똘똘한 대학생'을 코스프레했고. 6시 반이 되면 그 '매경'은 내 엉덩이 보호대로 변신했다. 그때도 아주 당연하게 플라스틱 의자를 물티슈로 닦는 의식을 치렀지만, 종종 전날부터 꾹 눌어붙은 새똥에겐 지곤 했다. 그건 물티슈로 아무리 박박 밀어도 그대로더라. 화석이었나? 새똥의 '야구 관람권'을 빼앗고 싶진 않았지만, 내 '위생권'이 우선이었다. 살포시 〈매일경제〉로 덮어주었다. 닦고, 덮고 하느라 1회 초가 흘러가기도 했다. 그럼에도 난 남은 51개의 아웃 카운트를 쾌적하게 맞아야 했다. 종종 주변 사람들의 시선에 함께 간 친구들이 원치 않는 그 구역 '셀럽'이 되긴 했다. 별말 안 하고, 잘 기다려준 나의 모든 동행인에게 지금 감사의 인사를 전한다.

대한민국은 지나치게 친절하다. 아, 물론 물티슈로 대신 내 자리를 닦아주는 그런 서비스는 정중히 사양한다(있지도 않지만). 자꾸 주차를 대신해 주신다고 하네. 아니, 내 차인데 아저씨가 왜요? 제가 더 주차 잘할 거 같은데 말이죠. 종종 뭔가 우아할 거 같은 그런 '발렛' 아저씨들과 그 누구도 하지 않을 긴 대화를 나누기도 한다.

"아저씨, 자리 지정해주시면 제가 주차할게요. 발렛비는 지금 바로 드리고요."

"아, 안 됩니다. 저희가 주차해드릴게요. 저희만의 원칙이 있습니다."

"아, 네. 그렇군요. 원칙이라."

승률이 채 40%도 안 된다. 잠깐 당돌함을 뽐냈다가 곧바로 시동 켜둔 채 차에서 내린다. 코로나19가 창궐한 요즈음에는 성공률이 조금 올랐다. 사실 비용 받고, 주차 대신 안 하면 아저씨들도 이득 아닌가. '위생동'과 발렛 아저씨의 Win-Win을 위해서라도 내 제안이 더 날카로워지길. 승률이 상승하길.

밥이든 커피든 잘 먹고, 잘 마시고 나와 아까 그 아저씨에게 눈인사하면 미지의 어딘가에 주차인지 방치인지 되어있던 내 친구가 등장한다. 어디 다친 데는 없나 휘리릭 한 바퀴 '서치라이트'를 켠 후 "감사합니다."라고 외치며 운전석으로 복귀한다. 그러고 나서 그들의 시아에서 사라질 때쯤까지 전진하고, 좌회전 혹은 우회전 후 브레이크를 꾹 밟는다. 난 내린다. 차 키도 뽑아버린다. 사뿐히 하차해 그것도 하나 뽑는다. 물티슈를.

뚱뚱한 본체에서 발사된 상큼한 물티슈 한 장으로 키를 정성껏 감는다. 아까 그 아저씨의 손과 가장 '밀접 접촉'했을 키에게 수분 소독(?)을 가한다. 스티어링휠은 더욱 꼼꼼히 방역한다. 한 바퀴 휙 돌리고, 손가락이 닿았을 내측 면까지 박박 문지른다. 그다음 기어봉을 격하게 휘돌리고, 시트로 향한다. 엉덩이 부분부터 등받이까지. 헤드레스트는 잘 건드리지 않는다. 이미 물티슈가 꽤 오염됐을 테고, 이 아이를 그대로 내 두부가 닿을 곳에 가져가는 건 오히려 더 좋지 않을 거란 판단하에. 안쪽 손잡이와 문을 여는 손잡이(?), 이걸 뭐라고 하지. 떠오르지 않는다. 아무튼 그것과 문 바깥쪽 손잡이(?), 아니 뭐 그것. 이렇게 '발렛 후 물티슈 의식'이 종료된다. 오차 없이 그야말로 'routine'처럼 휘리릭.

시트 표면의 습도가 조금 낮아지면, 기다렸다 탑승. 다시 출발. 어떤가? 피곤한가? 만일 나와 함께한다면 이 모든 행위를 이해할 수 있겠는가? 아, 사실 나와 그대가 만나 밥이든 커피든 마실 확률은 로또 2등 당첨 확률 정도 되지 않을까. 벌써 걱정하진 마시기 바랍니다. 미리 미안해요. 나 또한 피곤하긴 하다. 발렛파킹을 안 하면 입장조차 불가한 곳이 많기에, 상도(?)를 위해 키를 넘기지만 매번 조금의 스트레스를 받는다. 퇴장 후 차를 '의식'이 귀찮긴 하니까. 그럼에도 이걸 'skip' 하지 못하는 나를, 나라는 인간을, 나는 사랑한다. 그래야지 뭐. 나니까. 늘 집에만 처박혀 있을 수도 없고. 그나마 다행이다. 감사하다 영원히, 직계존속께. 물티슈 무제한 보급 서비스를 제공해주셔서. 그래서 아들이 더 아껴 씁니다. 어마마마.

Chapter 6

추억이고요

천국의 보름달이었던가,
보랏빛 낙산의 밤

'추석에도 아들은 불효자가 되기로 마음먹었습니다.'

실행했다. 기꺼이(?). 차마 내 입으로 '불효자'라는 어휘를 꺼내진 않았지만, 부모님은 그렇게 해석하셨으리라. 3주 전 즈음 아침 일찍 일어나 광클해 예매한 KTX 티켓으로 여동생은 본가로 내려보내며, 나도 서울을 떴다. 나는 동향했다. 꽤 오랜만에. 아니, 잘 기억나지 않을 정도로 정말 오랜만에. 강원도로 향했다. 양양 낙산사. 내비게이션의 목적지였다.

"어? 저도 템플 스테이 엄청 가고 싶은데!"

"아 그래요? 저도 한 1년 전부터 그랬어요. 근데 가려는 친구가 없어서."

며칠 후, 그 사람.

"저 추석 때 가려고요. 템플 스테이! 13일 출발."

"오, 그럼 저 따라가도 돼요? 추석 당일이라. 느낌 있네요."

"오케이, 그럼 같이 가요!"

그렇게 급 결성된 'Team 낙산사'는 양재 IC를 통과해 4시간여 만에 낙산사에 도착했다. 추석 연휴를 스스로 거부했지만, $190km$를 4시간 동안 달린 주행 시간이 "너도 한가위 한복판에 있어."라고 한마디 건네는 듯했다. 우리가 가장 늦게 도착한 게 아닐까 걱정하며 주차장에서 낙산사 정문까지 경보했다. 경사도로 따지면 가히 '등반'에 가까웠다. 다행히 중간은 했다. 고속도로의 정체는 공정했나 보다. 우리 이후 10여 명이 도착해 총 16명이 오후 3시에 얼굴을 마주했다.

속세와 단절해야 했다. "아이폰은 잠시 꺼두셔도 좋습니다." 누군가 내게 속삭이는 듯했다. (그 옛날 한석규 아저씨의 음성이 자꾸만 아른아른, 들리는 것 같았다.)

옷도 갈아입었다. 거의 '의상'에 가까운 느낌. 보라색 바지. 예뻤다. 내게 그리 안 어울리는 거 같긴 같았다. 다행이었다. 조끼도 은은하게 스며들었다(Inner-peace를 위해 그렇게 생각하려 했다).

이제 진짜 잠시 떠난다. 와퍼와 아이패드와 인스타그램과 급가속과 매연과 스트레스와 7개의 모닝콜과 멜론 TOP 100 차트와 수북이 쌓인 e-mail 녀석들아, 안녕. 아, 다음날 새벽 4시에 일어나야 해 방 안에 있는 알람 시계를 이용해야만 했지만. 그렇게 서울과 멀어지고, 일상을 방치하기 시작했다. 22시간 동안. 고기를 못 먹겠지만 뭔가 굉장히 굉장한 건강식, 사찰 음식을 먹을 수 있다는 기대에도 부풀었다.

2시간 정도 자유롭게 경내를 산책했다. 추석 당일답게 꽤 많은 관광객과 마주쳤다. 그들은 나와 동행인의 의복이 신기했으리라. 마구마구 쳐다보는 시선이 그리 불편치 않았다. 살짝 즐기는(?) 느낌이랄까. 아무튼 괜찮았다. 그 또한 특별한 느낌이었기에. 그 옛날 SBS 〈짝〉의 남자 3호로 잠시 돌아간 느낌 같기도 했다(그땐 심지어 숫자 3이 등짝에 박힌 재킷을 입고 제주도를 활보했다.).

나름의 카페에선 '호박 식혜'가 인기 절정이었다. 농담처럼,

"설마 한 잔에 8천 원 하지는 않겠죠?"

라고 동행인에게 한마디 툭 건넸다. 지갑을 방에 두고 와 수중엔 딸랑 현금 1만 원뿐이었다. 심지어 내 것도 아닌 동행인의

지폐. 암묵적으로 5천 원씩 반반 나눠 쓴다는 합의 성사. 그에게 정말로 고마웠다. 사랑할 수 있다면 사랑하고 싶을 정도로. 말은 늘 씨가 된다. 호박 식혜는 7천 원이었다. 절이니 욕심 없이, 음료도 3천 원 정도에 많은 중생에게 베풀(?)겠지 했던 내 바람 같은 마음은 지나치게 순수했던 것일까. 우리는 정말 사이좋게 '한 잔'을 나눠마셨고, 3천 원은 아꼈다. 호박 식혜의 단맛만큼이나 그와 나의 우애 혹은 우정도 달달해져 가는 느낌. 꽤 괜찮은 감정이었다.

5시 반. 드디어 식사, 아니 공양 시각 도달. 낙산사는 2005년, 큰 화재로 사찰 대부분이 소실됐다. 아픈 기억 후, 많은 이의 헌신 덕에 멋지게 재건 성공. 그래서인지 기대와 다른, 기대 이상의 최신식 공간들의 향연. 마주할 때마다 다소 놀라곤 했는데 공양실(이라기엔 대형 식당에 가까운)의 모습에 가장 큰 감탄을 내뱉었다. 깔끔하게 도열한 반찬을, 먹을 만큼 스스로 담아와 긴 식탁에 앉아 조용히 섭취하는 시간. 흔히 마주하는 학교나 회사의 식당과 그리 다르지 않았다. 나무 식기에 나물 1, 나물 2, 나물 3을 담아 모두 모여 둥글게 둘러앉아 소담 소담 밥 먹는 장면은, 내가 드라마를 너무 많이 본 탓에 상상한 장면이었던 걸로. 깔끔하게 그릇을 비우고 각자 설거지를 하니 공양 끝.

이후 조금의 휴식. 늘 음악과 공존하던 내게 낙산의 새 지저 귐과 바람 불어오는 소리, 나뭇잎이 흔들리며 다가오는 미성은 가히 '자연'이라는 새로운 장르였다. 기꺼이 그 노크를 받아들 였다. 평상에 누워 그저 하늘을 올려다보기만 해도 좋았다. 정말 좋았다. '좋다'라는 수식어가 완벽하게 들어맞던(지금 몹시 그리운) 그 순간. 하늘과 구름은 작가 미상의 수채화였고. 물론 수작. 혹 은 걸작.

옵션을 실행할 저녁이 왔다. 낙산사 템플 스테이는 체험형과 휴식형으로 나뉘는데 나는 휴식하기 위해 휴식형을 선택했다. 4 만 원. 여기에 몇몇을 추가할 수 있다. 108배를 하며 염주 꿰기 가 5천 원, 소원지 작성이 5천 원. 이렇게 두 가지 모두 추가해 총 5만 원을 사전 결제했다. 옵션은 현장에서 바로 추가하고 결 제할 수도 있다. 종교가 없는 나이기에 그 어떤 종교에 열려있지 도, 닫혀있지도 않은 스탠스로 살아간다. 템플 스테이니 체험할 수 있는 건 다 해보자는 마음으로 생애 첫 108배를 시작했다.

위후, 힘들었다. 1배에 넉넉히 15초 정도 잡고, 1분에 3배. 대 략 30분이면 108배를 마치고 내 인생 첫 염주도 다 꿰겠구나 했

제가 좀 예민해서요

다. 출발 전날까지는. 하나 완벽한 계산 착오, 오산. 1배 과정이 우리가 흔히 아는 그 절이 아니었다. 절을 하고 양 손을 귀 옆에 가져가 위, 아래로 오르락내리락하는 동작 후 일어나 한 손씩 가지런히 모아 합장까지. 이래야 1배 완성(불교에 익숙지 않아 1배 과정 표현이 서툴지라도 양해를 구합니다). 60배 정도 하니 땀이 이마 주변에 맺히기 시작했고, 80배 정도 하고 나니 무릎이 저려왔다. 한 배 한 배 할 때마다 한 구절씩 읊으며 이행하는데, 난 81절에서 심연을 느꼈다. 1등 지상주의자. 완벽주의자. 그런 내게 가장 어려운 건 언제나 '내려놓음'이었다. 그렇게 한 시간여의 정성 후 108 배와 나의 염주는 완료되고, 완성됐다.

밤 9시에 소등 후 취침하는 일정. 하나 이날은 한가위였다. 추석 당일. 한 방을 쓰게 된 선생님(이라고 불렀다)이 함께 온 부인, 딸과 함께 크디큰 보름달을 보러 출타하셨다. 혼자 방에 남겨졌다. 주변이 좀 들썩들썩 소란 소란했다. 3인은 이미 마실 갔고, 나머지 11명도 웅성웅성 각자의 길을 나서고 있었다. 그때 조심스레 내 방 문 앞에 그림자가 드리워졌다.

"우리도 나갈래요? 보름달 엄청 커요."

내 동행인의 제안이 굉장히 반가웠다. 카메라를 들고 성큼성큼, 대답을 하며 동시에 방문을 열어젖혔다.

가히 환상적인 밤이 시작되고 있었다. 보름달은 우리 눈앞에 도착했고, 나의 영혼은 이미 내 것이 아니었다. 한가위 보름달이 내 마음을 빼앗아 옆 사람에게 전하려는 듯했다. 밤 10시가 넘은 시각까지, 나와 그는 양양의 파도 소리를 BGM 삼아 경내를 활보했다. 마치 '내가 여기 다녀간다.'라고 영역 표시라도 하듯. 가장 먼 곳, 화재 때 유일하게 소실되지 않고 살아남은 곳. 홍련암을 바라보며, 우리는 술 마시지 않고도 취했다.

그렇게 새로 태어난 듯한 2019년의 추석을 보낸 후 늦은 시각에 취침했다(한가위라는 특별한 날이라 심야 외출을 허락해주신 스님께 정말 감사합니다).

굉장히 피곤했나 보다. 정말 꿀이 흘러넘치는 듯한 꿀잠에 빠져있었다. 한데 그 꿀통에서 누군가 날 끌어내리려고 했다. 새벽 3시 52분.

"(속삭이듯. 아니 속삭이며) 더 잘 거예요? 새벽 예불 갈래요? 난 가려고."

살아있는 모닝콜(새벽콜인가?)을 어찌 거부할 수 있겠는가, 감히. 냉큼 일어나 눈 좀 비비고, 그를 따라나섰다. 잠 따위는 서울

제가 좀 예민해서요

가서 늘어지게 보충하면 되니. 어제 108배를 했던 '원통보전' 대신 '보타전'으로 향했다. 다행히(?) 스님과 우리 둘뿐이었다. 20분 정도 하는 줄 알았는데, 스님의 체력은 대단했다. 40분 넘는 예불은 상쾌한 새벽 산책으로 우리를 인도했다. 해가 아직 떠오르지 않은 낙산의 하늘은 더욱, 너무나, 지나치게 아름다웠다. 그 보랏빛 걸작을 감상하고자 새벽잠은 기꺼이, 온전히 반납했다.

아침 공양을 가볍게 하고, 방에서 혼자만의 시간을 누렸다. 새벽하늘을 보며 떠올렸던 무언가를 써 내려갔다. 머릿속 그것을 챙겨갔던 편지지에 활자화했다. 신중했다. 틀리면 안 된다. 안 됐다. 'delete' 키가 없으니까. 딱 한 장이었기에. 2019년 중 가장 집중하고 '전심'을 다한 20분이었다.

낙산사를 떠나기 전 마지막 일정은 '차담'이었다. 스님과 차 한잔하며 나누는 담소. 16명 각자의 생각과 고민을 공유하고, 스님의 답 혹은 조언을 구하는 따뜻한 시간.

"'내세'가 있을까요? 있다면 어떻게 해야 할까요?"

비슷비슷한 고민이 많을 거 같아 답하는 재미(?)를 드리기 위해 난 저런 질문을 종이에 옮겼다. 많은 고민 해결 후 후반부에 내 질문에 답하시는 스님의 미소를 보며 '스님께 기쁨을 드렸다.'는 뿌듯함을 잠시 느꼈다(스님의 실소를 나 혼자 초 긍정적으로 해석한 것 같지만). 불교엔 '윤회'가 있고, 내세가 있다고 믿는다 하셨다. 인간으로 환생할 수도 있고, 곤충과 같은 미물로 다시 태어날 수도 있다 말씀하셨다. 그러니 현세에서 맞이하는 오늘과 내일이, 내세를 향한 입구가 될 것이고, "이 세상으로 돌아오고 싶다면 현세에 더 충실해야 하겠지?"라는 교훈을 건네셨다. 방으로 돌아온 후 나도 건넸다. 아침에 쓴 편지를 옆방의 동행인에게.

22시간의 꿈이 끝났다. 우리는 돌아올 때도 귀경 행렬에 파묻혀 4시간 동안 고속도로를 저속도로로 '전용'했다. 현실 세계, 서울로 돌아온 지 어느덧 11일째. 나와 동행인은 '신상 커플'로 11일째 살고 있다(2019년 가을 기준).

"낙산사야, 너 잘 있지? 그때의 그 보름달도? 고맙고 고맙다, 너희 모두."

압구정 허세남

안암동과 잠실동과 한강로. 그리고 해운대구 우동. 미성년자를 졸업한 후 나의 주소지들이다. 대학생 때는 학교 앞에 살았다. 졸업을 앞두고 갑자기 강을 건넜다. 그때 열렬히 애정하던 이가 대치동에 살았다. 5분 거리인 잠실동. 부끄럽지만 로맨티스트였다고 하자. 하하하. 그러고 나서 용산을 찍고, 부산으로 향했다. 그곳에서 만 5년을 바다를 보며 살았다. 잘 있지 해운대?

돌아온 서울. 현재는 마포에 산다. 홍대와 월드컵경기장 사이 어딘가에. 야구에 미친 아이가 왜 축구장 근처에 사냐는 얘기 참 많이 들었고, 듣는다. 필요에 의해 '자유 의지'로 꽤 이사 다녔다. 하나 나의 '베이스캠프'는 변치 않았다. 지금도 유효하다. 대학생 때 한강을 건너간 이유가 그때 설정된 새로운 고향(?) 때문이었던 거 같기도 하고. 허세 가득하다. 90년대부터 오렌지를 딱히 좋아했거나 명품을 선호하지도 않지만, 그곳을 좋아한다. 압구정동을 좋아한다. 왜 좋아하는지는 모르겠지만 그저 좋아한다. 그곳에 산다면 '실세'이겠지만, 그렇지 않기에 난 '허세남'이다. 인정한다. 완전.

"현동아, 넌 왜 그렇게 압구정동을 좋아하니?"

라고 자문해본다.

"좋아하는 데 이유가 있니?"

라고 자답해본다.

추억을 거슬러본다. 지난날을 반추해본다. 아마도 내가 처음 압구정동이라는 곳에 간 건 대학교 1학년 때였던 거 같다. 2학년 2학기 개강을 앞두고 로데오거리에 심지어 '책가방'을 사러 간 기억도 떠오른다. 대학생이 무려 신학기 새 가방을 사기 위해. 그날 길거리에서 아무나 잡아 아무렇게나 인터뷰하던 M.net의 한 프로그램에 얼굴을 비춘 추억도 몽글몽글 피어난다. 그렇게 노홍철 형을 처음 만났네.

2000년대 중반엔 애정했던 여인이 압구정동에서 그리 멀지 않은 곳에 살았다. 우리는 압구정, 청담 이곳저곳을 누볐다. 20대의 패기로 복부인 아줌마들의 모피 볼륨을 잠재워드렸다. 갤러리아 백화점 건너편 맥도날드는 그때 우리의 '만남의 광장'이었고, '발렛파킹'은 뭔가 엘레강스(elegance)한 신조어였다. 차 키를 빼앗아가는 아저씨들은 다이나믹 듀오의 노래를 빌려 '발레리노' 같았다. (뭔 소린지?) 데이트의 종착지는 늘 한강이었고, 잠원지구의 주차장은 공회전 허가구역 같았다. 아, '오엔(ON)'을 늘 '온'이라 부르는 친구들에게 주의를 주곤 했고.

　　한여름 밤엔 꿈처럼 꿀처럼 밤새워 수다를 떨었다. 24시간 불 꺼지지 않던 '탐앤탐스' 세미나룸은 우리의 작당 모의 공간. 로데오거리 한복판 '디초콜릿 커피' 2층 테라스는 윙윙거리며 화내는 슈퍼 카들을 감상하는 시네마였다. 서울에서 A.M.과 P.M.의 구분이 모호했던 딱 두 곳. 동대문과 압구정이었다. 요즈음엔 그 둘도 늙었는지 밤 10시만 되면 취침한다. 우리는 갈 곳을 잃었고.

　　세월의 흐름과 대한민국의 부침을 온전히 떠안은 곳, 압구정. 조금 거창해 보일지라도 적지 않은 경제학자들이 동의하리라 믿어본다. 영원한 건 절대 없는 것인가. 불멸의 거리라 여겼건만. 신사동 가로수길이 급부상하며 압구정 로데오거리는 쇠퇴한다. 내 추억도 그렇게 무수히 폐점했다. 남아있는 게 없다. 나이키 운동화를 사던 학동 사거리, 멋진 언니 오빠들이 "나 지금 여기에서 운동해." 하고 우릴 보며 트레드밀을 뛰던 미 서부지역 피트니스 클럽도 망했다. 무수히 많은 피해자를 남기기까지 하며(회원권 금액이 어마어마했다고). 그나마 도산공원의 안창호 선생님만이 강건히 본인의 늠름함을 뽐내주실 뿐이다.

아나운서가 되겠다며 메이크업 받고, 미모(?)를 가꾸던 곳도 대부분 그 동네에 모여있었다. 전국 방송 데뷔를 하던 녹화장도 도산공원 근처 '마켓오'였다. 내 인생 최고의 공간인 그곳은 다행히 생존하고 있다. 요즈음도 즐겨 찾는다. 풋풋했던 내가 김성주 선배 옆에서 당돌하게 멘트하던 추억을 떠올리며.

뭔가 화려하고, 럭셔리하고, 차갑고 어쩌면 '재수 없는' 동네 압구정. 난 그런 도도함에 끌린 걸까. 이제는 익숙하기에, 편하기에 오늘도 성수대교를 건넌다. 내 제1 특기가 '기동력'이라고 애써 자위하며. 아아(아이스 아메리카노) 값보다 발렛 주차료가 더 나오는 동네. 그 발렛비가 아까워 미지의 공간에 주차했다가 견인

안내 문자메시지를 수신하게 되는 동네. 10년 전엔 옆자리에 신화 형들이, 어제는 설현이, 내일은 BTS 멤버들과 나란히 앉아 밥 먹을지도 모르는 동네. 그렇게 흥미롭고도 재미있는 동네. 압구정이다.

오늘도 허세남은 친구들과 약속을 잡는다.

"일단 호림미술관 1층 아티제로 모여. 주차는 지하에. 거긴 발렛 안 해도 된다."

나무 그만, 숲을 봐 제발

맑은 공기를 원한다. 서울 도심에선 만나기 힘든 그것. 'Fresh air'라고나 할까. 종종 수목원에 내 몸을 던진다. 파란 공기를 마시며, 천천히 한발 한발 내딛는 그 느낌을 좋아한다. 매일 그러고 싶지만 그럴 수 없어 더 아껴 걷는 시간. 옆에 누군가 있든지 없든지, 사실 혼자 걷는 게 더 낫긴 하더라. 동행인이 있다면 대화할 수 있어 외롭지 않다. 하지만 오로지 '나'라는 존재에 집중해, 나를 생각하는 시간을 갖는 게 좋더라. 아, 지금 당장 1시간 달려가고 싶군.

숲을 보는 거 또한 좋지. 운전을 많이 하는 난 고개를 들 일이 잘 없다. 늘 오가던 길을 '도보'로 지나칠 때 종종 놀란다.

"아, 이 빌딩이 이렇게 생긴 거였어? 7층에 ○○이 있네?"

내게 이런 혼잣말을 건네곤 한다. 멀리 바라보며, 앞차의 앞차를 보며, '예측 운전'을 하는 내게 수직적 공간은 관심 밖이었다. 그래서 요즈음엔 더욱 격하게 걷고 싶다. 공간의 수직적 확장을 추구하기에, 보지 못했던 그런 곳을 보며 살아가려 한다.

나무가 모여 이루는 숲. 숲을 봐야 한다. 일상에서도 말이다. 작은 것에 집착하는 건 좋지 않더라. 'Detail'이라는 말로 그 작은 걸 포장할 수 있겠으나, 결국엔 멀리, 길게, 크게 봐야 한다. "숲을 보라."라는 말을 자주 한다. 수많은 사람을 만나며 느꼈다. 세상엔 참 다양한 사람이 있고, 모두의 가치관과 인생관, 사고 체계가 다르다는 걸. 우열과 좋고 나쁨을 따지는 건 내가 할 수 있는 일은 아닌 듯. 미성숙한 존재이지만 내 것은 내가 지킨다. 내 거니까. 응. 난 '숲'을 볼 거다.

"아니, 오빠. 그거 언제 정한 건데? 왜 이제 나한테 얘기해?"

"응? 한 1시간 된 거 같은데. 급 잡힌 약속이고, 지금 얘기하는 건데."

그는 늘 날 압박했다. 나의 모든 걸 공유하고 싶어 했다. 고마웠다. 초기엔. 점점 강도가 심해져 날 짓누르기 전까진. 저녁에 만나자는 친구의 제안을 흔쾌히 수락하고 바로 잡은 약속. 3시에 확정되면 그는 3시 5분엔 '통보'받길 원했다. 바쁘거나, 할 일이 많거나 아니 여유롭거나, 할 일이 없더라도 30분, 늦어도 1시간 이내엔 알려드렸다. "저 저녁에 친구들 만나요."라고.

정신없이 바빠서 아이폰을 방치해두다가 고개를 홱 돌렸더니, 후덜덜. 또 찍혀있다. 부재중 전화 2통. 바로 'Call back'드렸다.

"오빠, 왜 내 전화 안 받아?"

"아니, 안 받은 게 아니고요. 못 받은 거지. 그래서 지금 바로 전화했는데? 17분 지났네."

나의 변론은 잘 먹히지 않았다. 그래도 한때 변호사를 꿈꿨던 난데. 그는 자신의 발신이 내 아이폰에 착륙해, 내 육성을 회신해야 했다. 언제 어디에서나. 어떠한 기상 악화도 원치 않았다. 그대는 어떠한가? 걸려오는 모든 전화를 받는가? 아니, 받을 수 있는가? 그래, 불가능한 일 아닌가. 뭐, 난 그랬다. 2~3시간 지난 후에 전화를 걸었다면, 그건 좀 이상하지. 의심스럽기도 하고. 나도 그런 '시간차'라면 할 말 없었을 테다. 하나 이번에도 30분,

제가 좀 예민해서요

길어야 1시간 이내엔 전화드렸다. 그래도 화가 가라앉지 않더라, 그분은.

"○○야, 이게 그렇게 문제가 될까? 우리 사이에? 이해 못 해줘?"

"아니, 왜 바로바로 안 되냐고 그게. 이해는 하는데 오빠는 늘 그렇잖아."

"다른 사람들은 네 전화를 항상 바로바로 받아?"

"응! 거의 다 그래. 오빠만 안 그러는 거야."

"허허, 그렇구나. 미안해. 우리 길게 보자. 이런 건 나무라고 봐. 우리 숲을 보자."

그는 좋은 사람이었다. 난 진지했고. 어떻게든 빌미 혹은 여지를 주지 않으려 했고, 않아야 했다. 아이폰은 '언제나' 내 손에 들려 있었다. 잘 땐 머리 곁에 두면 좋지 않다는 걸 잘 알면서도 머리 곁에 뒀다. 우리는 점점 덜 싸우게 됐다. '평화주의자'답게 평화를 유지했다. 한동안은 그랬다. 그러다 또 한 방씩 빵빵 터졌다. 열흘 정도의 내 노력은 그렇게 증발하고, 우리의 애정 그래프는 우상향하다 급격히 꺾였다. 하한가를 찍었다. 그렇게 우리는 '상장폐지'됐다.

미련은 남지 않았다. 난 후회 없이 모든 걸 쏟았기에. 가끔 생각나지만, 덮고 잊으려 한다. 小貪大失(소탐대실). 작은 것을 탐내다가 큰 것을 잃는 법. 우린 너무나 작은 것에 연연하다, 집착하다 서로를 놓쳤다. 어떠니. 그대여. 가끔 날 떠올리니? 잘 있지? 그래, 그래야지.

제가 좀 예민해서요

손편지, 마지막을 기억하니?

선물을 좋아한다. 아, 너무 당연한 얘긴가. 그대도 좋아하겠지? 선물 받는걸. 주는 건 어떤가? 그렇다. 받을 땐 신나고, 줄 땐 기쁘다. 그게 선물이더라. 생일엔 최소 하나는 받겠지. 1년에 한 번, 공식적으로 마음껏 선물을 접수할 수 있는 그날이 오면 자정부터 설렌다. 그렇게 내가 세상에 태어난 이유(?)를 하루 종일 만끽하려 했다.

기억에 남는 생일 선물이 있겠지? 내게 묻는다면 망설이지 않고 답할 수 있다. 잊을 수 없는 거북이 한 쌍. 초등학교 6학년 생일에 작은 거북이 2마리를 선물 받았다. 작은 수조에 담긴 채 최대한 역동적인 척 내게 힘자랑(?)을 하던 꼬마 거북이. 당황스러웠던 만큼 굉장히 획기적인 생일 선물이었다. 학용품이나 책, 음악 CD 등을 그저 주고받던 꼬마들이었는데 '살아있는' 선물이라니! 생물체를 선물로 받은 건 그때가 유일하다. 잊을 수 없는 그 거북이들. 작았던 아이들이 수조를 답답해하던 즈음에 그들에게 자유를 허했다. 동네 뒷산 개울가에 풀어줬다. 서운한 마음에 나는 눈물이 찔끔하려는데, 뒤도 돌아보지 않고 헤엄쳐 드넓은 물과 하나 되던 그 아이들의 마지막 모습이 아직도 아련하다. 쿨한 녀석들.

감사하게도 선물을 적지 않게 받았다. 그래서인지 난 이제 '주는' 기쁨을 만끽하고 있다. 받는 사람의 숨김없는 리액션과 표정이 오히려 더 큰 희열을 내게 선물하더라. 마음만 먹으면 시공간을 초월해 선물할 수 있다. 좋은 세상이다. 생일 선물로 스타벅스 카드를 보내곤 한다. 하나 이제 너무 보편화돼, 참신한 아이템을 고려 중이다. 그럼에도 멀리 떨어진 친구에게 내 마음을 전할 수 있으니 충분히 고맙다. KTX를 타고 가서 직접 축하하지 못하는 아쉬움을 스타벅스 애플리케이션이 대신 달래준다. 결제 후 축하 메시지를 쓰고 문자메시지로 Gift card를 보낸다.

그러자 5분 만에 친구에게 고맙다는 답장 메시지가 날아온다. 정말 빠르고, 편리한 세상이다. 얼굴을 보지 못하고 전하는 선물이지만, 전하지 못하는 것보다는 훨씬 좋지 아니한가. 이러한 편의성 뒤에 감춰진 부족한 감성을 채우기 위해 나는 노력한다. 메시지를 꼭 써야 한다. 꼭! 그것도 흔한 "생일 축하합니다."가 아닌, 나만의 감정과 마음을 활자로 전하려 한다. 어제 보낸 메시지는,

"HAPPY B-DAY! OOO!! 언제나 고마워. 언제나 행복해! :)"

이었다. 이모티콘은 전달이 안 돼 원안보다 단순해졌지만, 내 평소 어투가 담긴 나다운(?) 축하 인사를 건네고 싶었다(그리 특별해보이지 않는 이 느낌은 뭔지. 아, 이놈의 글자 수 제한.). 문자메시지라는 정 없는 수단에 나만의 감정으로 조금의 온기를 불어넣었다.

언젠가부터 더욱 정성껏 선물을 고르게 됐다. 심지어 포장도 직접 한다. 뭐든 다 예쁘게 담고, 싸줄 거 같은 포장 코너에 가서 이렇게 말한다.

"저기 저 포장지랑 리본 2개 주세요. 제가 직접 포장하려고요."

"이야, 받는 분이 엄청 기뻐하시겠어요. 좋은 남자친구네요."

過猶不及(과유불급). 첫 마디까지는 좋았는데. 저 남자친구 아니거든요. 뭐 어쨌든 그렇게 포장비를 아끼고, 동시에 내 애정을 선물에 더한다. 거기에 꼭 추가한다. 손으로 직접 쓰는 '축하 카드'를. 자주 쓰면 부끄러우니 특별한 날의 힘을 빌려 건네는 일종의 '손편지'다.

'셀프 포장 전문가'의 삶을 살다 보니, 포장의 형태와 방법이 굉장히 다양해졌다는 걸 체감한다. 과거 백화점 지하 구석 어딘가 자투리 공간에 숨어있던 선물 포장 코너가 요즈음에는 꽤 '신분 상승'했더라. 심지어 포장 전문 샵도 눈에 띄고. 신사동 가로수길 한복판에서도 만날 수 있어 놀랐다. 선물을 고르는 게 아닌, 포장 아이템을 고르게 될 줄이야. 기발한 아이디어 덕분에 선물에 '감성'을 더욱 첨가할 수 있게 돼 고맙다. 반갑기도 하고.

그놈의 '4차 산업 혁명' 때문에, 인간이 지기 시작했다. 로봇과 AI에게. 우리가 그들을 무찌를 수 있는 건 감정과 감성 파트 아닐까. 이게 다 인 거 같아 조금 두렵긴 하지만. 좋게 해석하자면 완성도 높은 'outsourcing'이 가능해졌다고 본다. 알파고와 같은 기술적으로 뛰어난 '무감정 존재'에게 단순하고 반복적인 업무를 넘길 수 있다. 그 옛날 산업화 시절에 등장한 자동화 시

제가 좀 예민해서요

스템과 유사한 개념이겠지. 물론 현시대의 과제는 그때의 그것보다는 훨씬 고차원적일 테지만. 그러니 나와 그댄 우리의 것에 집중하자.

마지막으로 '손편지'를 받은 게 언제인가? 기억하는가? 혹여 기억나지 않는다면 미안. 뭐 어떤가. 앞으로 많이 주고받으면 되지. 내가 먼저 주다 보면, 언젠가 나도 우수수 받는 날을 맞이하지 않을까 싶기도 하고. 결국 '감성'이다. 그걸 '터치'해야겠지. 관계 속에서 나만의 존재감을 드러내자. 그 사람의 감성을 건드리자. 선물도 선물만으로 끝내지 말고. 매일 누군가에게 마음으로 '손편지'를 건네는 사람. 그런 사람이 되어볼까나. 예민하고, 자존감 높고, 남들과 다르다 자부하는 우리라면 이미 유망주다. 감각이 넘치고 넘치니. 내 마음을 꾹꾹 눌러 쓰자. 손으로 펜을 꼭 쥔 채. 지금 당장. 1번 그 사람에게.

수리 부탁해
(나는 오늘 사임하려 한다. 네 '왼손의 주인'을)

어디서부터 갈리기 시작한 걸까.

돌아가도, 되짚어 봐도 지금은 찾아낼 수 없다.

너와 나의 방향은 언제인 듯 언제인지 찍어내기 힘든
그 어느 날.

어떤 시점에 갈리기 시작했겠지.

이럴 거면 차라리 만나지 말걸.

이라고 해봤자 의미 없다는 걸 잘 알지만.

자꾸 이런 생각만이 머릿속에 그림자를 드리운다.

제가 좀 예민해서요

떠날 생각 없이 완전히 어두운 그림자를.

오늘은 나 용기 내려 한다.

완전한 마음으로.

사임하려 한다.

아니 한다.

나, 사임.

네 '왼손의 주인'을.

그러니 수리해주길 바라.

빠를수록 좋겠지, 너와 나 모두에게.

부탁할게, 오늘 내로 해주길.

우리의 마지막 행위.

나는 사임 너는 수리.

이걸로 끝.

정말 끝.

안녕.

예민한 놈, 재수 없나요?

"어후, 되게 예민하게 구네. 남자 놈이 왜 그러냐?"

라는 말을 들어본 적은 없다. 다행히도. 충분히 들었을 법한 나라고 스스로 생각하는데 아직까지 면전에서 누군가의 육성으로 들은 기억은 없다. 아마도 다수가, 성숙한 사람답게 예를 갖춰 내 눈앞에서 '마음속'으로 내뱉지 않았을까 싶다. 그랬던 분들이 계시다면, 정말 감사하게 생각합니다.

예민하다는 건 글쎄, 뭐랄까, 전술했듯이 남과 여를 '구분'하는 걸 지양하는 입장에서 봐도 조금은 '친여' 성향의 어휘라는 느낌이 든다. 그대는 어떻게 생각하는가? 물론 지극히 내 사견임을 전제하에 타인에게 묻는다. 굳이, 정말 굳이 배치한다면, 남과 여 사이에서 조금은 여성 쪽으로 기울지 않을까? '예민'이라는 단어가? 직관적으로 난 그러하기에 그렇게 생각하겠다. 그래서인지 예민한 남성은 더 지나치게, 지독하게 예민한 인간이라고 여겨지는 듯하다. 내가 그러한 족속이기에 그런 세간의 평가 혹은 시선을 애써 부정하지는 않는다. 난 오히려 그런 걸 더 격하게 반기는 입장이니까. 난 내가 그 누구보다 예민하단 걸 잘 알고 있지. 그러니 지금껏 이런 글을 휘갈기고 있고(아, 물론 진지하게 정성껏). 안 그런가?

여성은 예민하면 조금 '있어 보이는' 거 같다. 왠지 감성도 좀 풍부하고, 생각이 깊고, 자신만의 세계가 강한, 내면이 단단한 여성 같다고 할까. 그래서 예민하다는 게 여성에겐 실보단 득이 큰 거 같다. 내 느낌은 그렇다. 난 그런 여성에게 더 이성적으로 끌리기도 하고, '저 사람은 되게 예민하네.'라는 생각이 곧 '호기심'으로 가는 하이패스가 된다.

반면에 남성은 예민하면 조금 '피곤해 보이는' 거 같다. 우습지만, 내가 날 떠올리면 바로 피곤하니까. 난 늘 "타인에게 내 기준을 적용하지 않는다."라는 궤변을 늘어놓고, 난 나만 피곤하게 한다고 하지만, 정작 주변인들도 그렇게 느끼는지 물어본 적은 없다. 스스로 그렇게 잘(?) 살고 있다고 생각해서인지, 타인도 내 신조를 이해하고 서로 평화롭게 '공존'한다고 본다. 그렇게 마음 편하게 그렇게. 아, 이 글을 다 쓰고 나서 당장 절친한 피플들에게 전화 '설문 조사'라도 해봐야겠다. 통계치는 부끄럽거나 두렵거나 둘 중 하나의 감정이 예상돼 여러분에게는 공개하지 않으련다. 언젠가 만나게 된다면 내 그때 귀띔해드리겠다.

어마마마는 내게 최근에 이런 말을 건네신 적이 있다.

"아이고, 자상해라."

지난 설 연휴 중, 친구네 집에 모두 모이던 저녁. 본가에서 뭔가를 뒤적뒤적이다 어머니께 여쭸다.

"엄마, 유산균이랑 이거 홍삼 나 가져가도 돼요?"

어머니의 한마디는 이 질문에 대한 답이었다. 부모님께선 어딘가 방문할 때, 특히 그곳이 누군가의 '집'이라면 빈손으로 가지 말라고 늘 말씀하셨다. 자연스레 몸에 밴 덕인지 어르신도, 선배도 아닌 친한 친구의 집에 놀러 가는 건데도 뭘 챙기고 있던 나. 피식 웃으며 다 담아가라고 하셨던 어마마마. 그때 스친 감정은 꽤 괜찮았다.

친구네 집에 모인 우리. 조카들에게 유산균도 건네고, 친구들과 홍삼 한 포씩 뜯어 마시며 짓는 미소. 약소하고, 소박하지만 모두 공유한 잠깐의 기쁨이라는 감정. 예민하거나 혹은 과민한 감각의 '순기능'이었다. 그래, 간혹 재수 없을 때도 있겠지만 난 나의 이런 면을 숨기지는 않겠다. 어차피 감출 수도 없을 테고. 그러니 예민한 남성들이여, 주눅 들지 말라. 그대도 충분히 선한 영향을 전파할 수 있다오. 우리 남성에게 감각 과민은 '양성성'의 동의어가 될 수도 있기에.

P.S.

이러한 내 얘길 '여자 사람' 친구에게 했더니 의외의 반응이 날아왔다.

"남자가 예민하면, 섬세한 느낌이라 좋은 거 아닌가?"

'예민'이라는 어휘 자체를 지레 다소 부정적으로 받아들였던 내겐 꽤 놀라운 응답이었다. 적지 않은 남성들은 남자답게(?) 투박하거나, 거칠거나, 좋게 표현하자면 시원시원하니까 여성들 입장에선 역으로 예민하거나 혹은 섬세한 남성을 찾기도 한다

는 사실. 남자는 상대적으로 둔하고, '곰' 같은 이미지란다. 듣고
보니 그런 거 같기도 하고. 그녀의 한마디 덕에 이런 날 좋게 보
는 여성도 있겠구나 싶어 위로받는 느낌이었다. 그대가 혹시 여
성이라면, 그댄 어떻게 생각하나요? 궁금하군요. 후후.

제가 좀 예민해서요

아무도 안 믿는다

"Do you trust me?"

중학교 영어 시간에 들어본 거 같기도 하고, 영화 대사로 들어본 듯도 하고. 뭐 그런 영어 문장이다. 너 나 믿니? 이거지 뭐. 그래서 그대는 누군가를 잘 믿나요? 타인의 말에 귀 기울이고, 그들의 말을 잘 따르는 편인가요? 아, 물론 나도 다른 사람의 견해를 존중하고, 수용하죠. 단, 철저하게 합니다. 'filtering'을요. 걸러냅니다, 어마어마하게. 다 쳐내고, 내 판단하에 'okay'한 것은 잘 받아들이죠. 이게 뭐야. 결국 다른 사람 말 잘 안 듣는단 말 아냐? 이렇게 반문할 수도 있겠네요. 아, 그에 대해 재차 반

론하자면 말이죠. 수용하긴 하는데 맞는 말인지 보고 나서 해요. 그러네요. 되게 까다롭네요, 저.

대부분 사람은 솔직하다고 믿기에, '솔직하게 말해서'라는 문두 표현은 좋아하지 않습니다(굳이 이 말은 왜 하는 거지?). 뭐 어쨌든, 정직하게 고백하건대 나는 타인을 믿지 않는다. 더 격하게 얘기하자면, '아무도' 믿지 않는다. 가족과 절친한 친구들은 믿는 편이나, 절대적인 신뢰를 품지는 않는 거 같다. 차가워 보이나? 냉정해 보일지라도 난 진짜 그러하다. 정말 솔직하고, 정직하게 말하지 않나? 그렇다, 난 아무도 믿지 않는다. really.

"뭐 그렇게 잘 났니?"라고 따져 물을 수도 있겠다. 나도 안다. 내가 완벽한 사람이 아니며, 그리 잘나고 잘난 존재도 아니란 것을. 그저 고집 좀 세고, 주관 좀 강한 아이랄까. 남에게 피해를 주지 않는 범위 내에서 내 맘대로 사는 나이기에, 내가 믿고 안 믿고의 문제는 평화가 유지된다면 나의 '자유 의지'에 따라도 되지. 난 언제나 내가 판단하려 한다. 내가 확인하려 한다. 내 눈으로 보려 한다. 출처 미상의 source, 싫어한다. 굉장히 굉장히.

수많은 메시지가 여기저기서 날아온다. 이거 봐라, 이거 클릭해라, 이거 설치해라. 아니, 내가 왜? 내가 왜 그걸 해야 하지?

제가 좀 예민해서요

누가 그 이유 좀 알려주오.

"감히 너 따위님이 왜 제게 이걸 하라 말라 하시는 건가요?"

라고 소리쳐 묻고 싶다. 그래서 난 안 한다. 보지도 않고, 클릭 안 하고 지워버리고, 설치 절대 안 한다. '당위성'을 못 느끼기에. 내가 왜 그들의 지시에 따라야 하는지 납득 못 하기에.

뉴스 중독자 나님. 뉴스도 선별해야 한다. 어디에서 나온 정보인지, 누가 쓴 글인지, 근거가 뭔지 다 체크해야 한다. 어느 한 부분이라도 이상하거나, 의문 들거나, 콧방귀 끼게 되면 'No, thank you.'다. 체내에 입장하려는 미세먼지를 코털이 걸러내듯, 수많은 정보와 뉴스의 난립을 내 눈과 머리와 감각과 판단이 여과한다. 종종 실제로 콧방귀를 끼기도 한다. 피식피식 웃기도 하고. 세상엔 너무나 많은 콘텐츠가 유영하고 있다. 둥둥 떠다니는 그 아이들이 내게 'nudge'할 때마다 혼자 리액션하게 되나 보다.

똑똑하다. 이게 중요한 건 아니다. 현명하다. 이게 조금 더 어울릴지도. '분별력'이 필요하다, 우리 모두. 하나의 정보를 획득하느냐, 거부하느냐는 전적으로 본인이 판단하는 것. '가짜 뉴스'에 휘둘리고, 보이스 피싱에 내 자산을 '자동 양도'하지 않으려면 구분해야 한다. 진짜와 가짜를. 과거엔 세상이 밝았던 걸까.

요즈음처럼 이렇게 피곤하게 살지 않아도 됐는데. 매체와 정보와 뉴스의 공격 속에서 허우적대는 현실이 꽤 힘들긴 하다. 그럴수록 더 '보수적' 접근이 필요하다고 본다.

내가 '주체'가 아닌 건 우선 경계하자. 내가 직접 찾아낸, 알아낸, 검색한 정보가 아닌 것들. 누군가 보내주고, 권하고, 안내해준 것들. 그런 건 일단 배제하라. 그중에서 출처가 분명하고, 제공자가 명확하고, 공인된 정보들만 수용하라. 물론 이러한 과정을 거친 것들조차 가짜인 경우도 많으니, 정말 믿을 게 없긴하다. 그래서 난 아무것도 안 믿나 보다. 조금은 슬프지만. 애석하게도.

4차 산업 혁명이 다가오고, 로봇이 활개 치는 시대에 아무도 믿지 말라니. 너무 삭막하지 않느냐고? 그렇다, 사실 좀 그렇다. 그럼에도 '냉정과 열정 사이'를 잘 오가는 게 중요하다. 뭐든 미연에 방지하는 게 나을 테니.

수많은 단체 대화방에 입장해있지 않나? 그 안에서 수많은 정보를 마치 자랑이라도 하듯, 경쟁이라도 하듯 서로 공유하지 않나? 다 믿지 마라. 클릭을 최소화하라. 한 번 누르는 순간, 한방에 다 날아갈 수도 있다. 잠자코 '눈팅'만 하면 냉혈한 같을 테니 그러진 말자. 적당히, 적절히 반응하되 적극적으로 뭔가를 퍼 나르고, 클릭하지만 말자. '가만히 있으면 중간은 간다.'라고 하지 않든가. 그 대화방에서 1등 할 필요는 없지 않나. 심지어 '1등 지상주의자'인 나도 그런 추상적인, 온라인 공간에선 욕심내지 않는다. 투자하듯이. 잃지 않는 게 최선의 수익일 테니까. 외친다.

"Don't trust anybody!"

내 안의 감각을 닫으려다 실패하며

2020년 3월 21일 토요일 오후 3시 21분. 지금입니다. 바로 지금. 길었던 이 여정을 서서히 끝내려는 시점이랄까요.

'끝'을 위해 이동을 한 건 아니고요. 어찌 됐든 제 현 위치는 서울이 아니네요. 부산입니다. 훗날 한국사를 넘어 세계사 시험 주관식 1번 문제의 정답이 될 '코로나19' 녀석 때문에 무수히 미뤄지고, 미뤄진 축제들. 그중 살아남은 몇몇을 위해 오랜만에 부산 출장을 왔네요. 정오에 결혼식 사회를 하나 하고, 폭식한 후 낙향했습니다. 제2의 고향 '센텀시티'에 당도했죠. 5년 동안 격하게 애정했던 센텀 모처 스타벅스에서 아이패드와 씨름하고 있네요. 광합성을 하기에 딱 좋은 날이고요. 길 가는 모든 이의 얼굴을 과민한 시각으로 모조리 입력이라도 하려는 양, 대로변

창을 정면으로 바라보며 이 글을 '생산'합니다.

　여는 건 쉬운데, 닫는 건 참 어려워요. 시작은 하는데, 마무리가 잘 안 되는 것과 같은 이치일까요. 코로나 때문에 휴업하거나 문 닫는 곳이 많다는데, 산업 현장은 그렇게 다른가 봅니다. 'close'가 쉽네요, 슬프지만 말이죠. 또, 다른 쪽으로 길 잘못 들기 전에 주로로 돌아옵니다. 감각이란 건 살아있는 게 맞아요. 좀 닫고, 집중하고 싶은데 참 안 되거든요. 사방이 꽉 막혀 햇살은커녕 빛조차 들어오지 않는 그런 공간이라면, 저도 '초집중' 가능할까요? 이 한 문장 쓰면서도 지나가는 사람들의 나이키 운동화, 보폭, 바짓단 길이 다 수정체에 넣고 있는 전 아무래도 안 될 거 같네요. 집중 대신 '끈기'로 버틸게요. 하던 대로.

부산으로 날아오는 아침 비행기에서도 조금 그랬습니다. 피곤했죠. 아, 물론 아침 비행기인데다 어젯밤에도 야행성 뿜뿜하다 3시 넘어 잠들었으니 졸릴 만하긴 했죠. 본문 완독한 그대라면 제가 말하는 '피곤'은 그 사전적 의미가 아니란 걸 눈치챘겠죠. 평시에도 늘 마스크맨 모드로 1시간을 버티는 저라 요즘의 코로나 '전시' 상황이 그리 힘들진 않아요. 오히려 타인들도 위생에 신경 쓰니 저로선 고맙기만 하죠.

가능한 한 최소 인원과 접촉하기 위해 그간 선호하던 4열이 아닌, 제일 뒤쪽 29열 좌석을 체크인했습니다. 허허. OMG! 비상시국답게 비행기가 딱 4편 있었거든요. 이 날 좋은 봄날, 무려 부산으로 향하는 국내선이 말이에요. 다 몰렸네요. 이 시국에 참 아이러니하게도 만석. 인파로 꽉 찬 비행기. 이럴 거면 그냥 4열 고를걸. 역시나 오늘도 다 태워 보내고(?), 마지막에 탑승했습니다. 자리에 도착해선 다행히 안도감이 밀려왔고요.

고무장갑? 수술 장갑? 뭐 그런 얇은 라텍스 장갑을 낀 이모님이 제 옆자리에서 절 맞이하네요. 살인 미소 대신 엷은 미소로 '많고 많은 자리 중 딱 제 옆자리에 착석해주셔서 대단히 감사합니다, 이모님.' 요렇게 제 마음을 전했습니다. 저만큼은 아니겠지만, 그분도 일반인의 기준을 넘어서는 위생 관념을 보유한 분이란 걸 알고도 남았죠. 팔걸이 쟁탈전은 자연스레 제가 승리했고, 〈조선일보〉를 정독하며, 40분간 아무런 자체 방역 없이 김해공항에 무사 랜딩했습니다. 서너 번 이모님과 팔이 '밀접 접촉'하긴 했지만, 착륙 후 화장실로 직행해 재킷 겉면을 물로 씻어내는 정도로 넘어갈 수 있었죠. 안 피곤하죠, 여러분? 이 정도는 이제 익숙하잖아요. 저란 인간. 혹여 그대도 이 정도일지 <u>모르고요.</u>

마스크 낀 채로 예식 사회를 할 뻔했으나, 본식 시작 직전에 고이 벗어 접어 안주머니에 모셔뒀고요. 턱에 마이크 붙이길 좋아하는 저이지만 요즈음엔 도저히 그럴 수 없죠. 우선 물티슈로 '선 방역 작업' 후 입에서 2㎝ 떨어뜨린 채 큰 소리를 내봤습니다. 배에 힘 빡 주고, 오랜만에 복식호흡 한 판 했죠. 40분 진행했는데, 성량이 좀 성장한 듯한 건 그저 느낌적인 느낌이겠죠?

일상이 예민하고, 감각이 넘쳐흐르니 그저 오늘을 돌아보는데도 글 한 꼭지가 나올 거 같아요. 분명 'Epilogue' 쓰고, 이제 퇴장하려는 건데 이걸 새 꼭지로 추가해야 할 거 같은 건 역시 또 그저 느낌적인 느낌이겠죠?

미안해요. 이제 진짜 닫게 해드릴게요, 이 책. 저도 이제 그만 좀 쓰고 싶기도 하네요. 아, 쓰는 건 잼나는데 이러다 책이 500쪽 될까 봐요. 고이고이 아껴뒀다가 2권으로 다시 찾아뵙겠습니다, 여러분. 미리 인사드리는 거예요. '예약 구매' 압박하는 거고요.

조금 피곤하지만, 흥미롭고, 재미나고, 피식피식 웃게 되고, 내일보다는 10분 후가 더 기대되는 삶. 전 쭉 이렇게 살게요. 그 대도 그럴 거란 거 알아요. 언젠가 우리 대면한다면, 감각들의 활력, 파닥거림 좀 잠재우고 그저 서로 응시하기로 해요. 눈 감 고 있어도 다 보일 거 같지만 말이죠. 나도 그대도, 우리는.

2020년 봄이 오는 소리 다시 들으며,

꿈꿨던 나의 그때 그 공간에서

이현동